Spanisch Grammatik

... leicht gemacht

María Marta Alice Loessin
Elena Sánchez López

compact

Bisher sind in dieser Reihe erschienen:

- Englisch Grammatik
- English Conversation
- Französisch Grammatik
- Italienisch Grammatik
- Spanisch Grammatik

Baierbrunner Straße 27, 81379 München
Ausgabe 2018

Fachkorrektur: María González Núñez
Produktion: Ute Hausleiter
Titelabbildungen: shutterstock.com/Qvasimodo
Gestaltung: Axel Ganguin
Umschlaggestaltung: red.sign GbR, Stuttgart

ISBN 978-3-8174-1921-0
381741921/1

www.compactverlag.de

VORWORT

Die Reihe „Leicht gemacht" vermittelt einen schnellen und umfassenden Einblick in Sprache und Grammatik. Mit dieser Kombination aus Nachschlagewerk und Übungsbuch kann man grammatische Unklarheiten gezielt beseitigen und das neue Wissen sofort anwenden.

„Spanisch Grammatik – leicht gemacht" richtet sich an alle, die ihre Sprachkenntnisse schnell verbessern wollen. Der Band enthält 12 thematisch abgeschlossene Kapitel, in denen alle wichtigen Regeln auf einprägsame Weise vermittelt werden. Zahlreiche treffende Beispiele sorgen für Anschaulichkeit und Klarheit der dargestellten Inhalte.

Am Ende jedes Kapitels findet sich eine Doppelseite mit Übungen, anhand derer sich der gelernte Stoff überprüfen lässt. Ein ausführlicher Lösungsteil gewährleistet eine selbstständige Erfolgskontrolle.

Die zweifarbige Gestaltung sowie die Verdeutlichung wichtiger Sachverhalte in Tabellenform schaffen zusätzliche Übersichtlichkeit. Der rasche Zugriff auf spezielle Sachfragen wird durch ein ausführliches Register der grammatischen Fachbegriffe erleichtert.

Dieser anwenderfreundliche Grammatikband beantwortet sicher und zuverlässig alle Fragen zum Aufbau der spanischen Sprache.

Viel Erfolg!

INHALTSVERZEICHNIS

DER ARTIKEL

Es gibt im Spanischen wie im Deutschen einen bestimmten und einen unbestimmten Artikel. Der Artikel stimmt in Geschlecht und Zahl mit dem zugehörigen Substantiv überein.

1. Die Formen des bestimmten und des unbestimmten Artikels

1.1 Der bestimmte Artikel

	maskulin	feminin
Singular	*el amigo*	*la amiga*
	der Freund	die Freundin
Plural	*los amigos*	*las amigas*
	die Freunde	die Freundinnen

AUSNAHME:
Feminine Substantive, die mit betontem *a-* oder *ha-* anfangen, haben im Singular den maskulinen bestimmten Artikel *el*. Im Plural bleibt der feminine Artikel *las* erhalten.

el águila	der Adler	*las águilas*	die Adler
el alma	die Seele	*las almas*	die Seelen
el hacha	die Axt	*las hachas*	die Äxte

Aber: *la autopista* **die Autobahn** (Die Betonung liegt auf der vorletzten Silbe.)

Die zugehörigen Adjektive behalten regelgemäß die weibliche Form.

el agua limpia	das saubere Wasser

1.2 Der unbestimmte Artikel

	maskulin	feminin
Singular	*un amigo*	*una amiga*
	ein Freund	eine Freundin
Plural	*unos amigos*	*unas amigas*
	(einige) Freunde	(einige) Freundinnen

Der Plural des unbestimmten Artikels *unos, unas* bedeutet „einige, ein paar“, vor Zahlen hat er die Bedeutung „ungefähr, etwa“.

unos años	**ein paar Jahre**
unos cuarenta metros	**etwa vierzig Meter**

AUSNAHME:
Feminine Substantive, die mit betontem *a-* oder *ha-* anfangen, haben im Singular den maskulinen unbestimmten Artikel *un*. Im Plural bleibt der feminine Artikel *unas* erhalten.

un águila	**ein Adler**
unas águilas	**einige Adler**
Aber: *una autopista*	**eine Autobahn**
un agua limpia	**sauberes Wasser**

2. Die Kontraktionsformen des Artikels

Der bestimmte Artikel Maskulinum im Singular *el* wird mit den vorausgehenden Präpositionen *a* und *de* folgendermaßen verbunden:

a + el = al	*Voy al supermercado.*	**Ich gehe zum Supermarkt.**
de + el = del	*las llaves del coche*	**die Autoschlüssel**

3. Der neutrale Artikel *lo*

Es gibt im Spanischen den neutralen Artikel *lo*. Er hat keine Pluralform. *Lo* wird zur Substantivierung von Adjektiven, Partizipien, Ordnungszahlen und betonten Possessivpronomen verwendet.

	Substantiv	
lo + Adjektiv:	*lo bello*	**das Schöne**
lo + Partizip:	*lo permitido*	**das Erlaubte**
lo + Ordnungszahl:	*lo segundo*	**das Zweite**
lo + betontes Possessivpronomen:	*lo suyo*	**das Seine**

4. Der Gebrauch des Artikels

4.1 Der Gebrauch des bestimmten Artikels

Im Spanischen wird der bestimmte Artikel im Unterschied zum Deutschen folgendermaßen verwendet:

– vor Titeln

La señora Santos vive en Madrid.	Frau Santos wohnt in Madrid.
El doctor López trabaja aquí.	Doktor López arbeitet hier.

AUSNAHME:
Der Artikel wird nicht in der direkten Anrede benutzt.

Buenos días, señora García.	Guten Tag, Frau García.

– bei Angaben der Uhrzeit, der Tageszeit und der Wochentage

Son las nueve de la mañana.	Es ist neun Uhr morgens.
Los domingos voy a nadar.	Sonntags gehe ich schwimmen.

– bei den Verben *tocar* (+ Instrument) und *jugar a*

tocar la guitarra	Gitarre spielen

– bei Namen von Körperteilen nach dem Verb *tener*

Rosa tiene el pelo oscuro.	Rosa hat dunkle Haare.

– bei Bruchzahlen und Prozentangaben

las dos terceras partes de los españoles	zwei Drittel der Spanier

Es kann auch der unbestimmte Artikel verwendet werden.

un tres por ciento	etwa drei Prozent

– bei Himmelsrichtungen

en el sur de Italia	**im Süden Italiens**

Im Unterschied zum Deutschen steht im Spanischen kein bestimmter Artikel in folgenden Fällen:
– bei Monatsnamen

Febrero es un mes corto.	**Der Februar ist ein kurzer Monat.**

– bei der Angabe von Jahreszeiten mit vorangestellter Präposition *en*

En verano voy a Italia.	**Im Sommer fahre ich nach Italien.**

– bei Transportmitteln mit vorangestellter Präposition *en*

ir en bicicleta	**mit dem Fahrrad fahren**
ir en coche	**mit dem Auto fahren**

4.2 Der Gebrauch des unbestimmten Artikels

Im Spanischen wird der unbestimmte Artikel meist wie im Deutschen benutzt. Ein Unterschied besteht in folgenden Fällen:
– vor *otro/otra*

otra posibilidad	**eine andere Möglichkeit**

– vor *medio/media*

medio kilo de tomates	**ein halbes Kilo Tomaten**

– nach dem Verb *tener* (bei Dingen, die man normalerweise nicht mehrfach besitzt)

Pablo tiene novia.	**Pablo hat eine Freundin.**

ABER: Wenn das Substantiv näher bestimmt wird, steht der Artikel.

Tengo un coche gris.	**Ich habe ein graues Auto.**

ÜBUNGEN: DER ARTIKEL

1. Ergänzen Sie den bestimmten Artikel.

a. ____ marido de ____ portera trabajaba en ____ carpintería.
b. ____ amigos de Martín viven en ____ cuarto piso.
c. Cogió ____ maletas y se fue de casa.
d. ____ sillas no son demasiado cómodas, prefiero ____ sillones.
e. ____ ingredientes están en ____ estantería.
f. Tráeme ____ jarra de agua y ____ bandeja de champiñones.
g. ____ perro le enseñó ____ dientes.
h. ____ sonrisa de ____ niña era muy agradable.
i. ____ hada era mi personaje favorito en todos los cuentos.
j. ____ partidos de fútbol se juegan ____ domingos por ____ tarde.
k. Se me ha roto ____ juguete favorito de ____ hija de ____ vecina.
l. ____ tostador viejo estaba estropeado, así que compramos uno nuevo.

2. Ergänzen Sie den unbestimmten Artikel.

a. ____ amiga de mi hija se despertó ____ mañana y decidió marcharse de casa.
b. Fue a comprar ____ clavos para colgar ____ cuadros nuevos.
c. Necesitamos ____ aula vacía para dar mañana ____ clase.
d. Quería comprarme ____ vestido de Valentino, pero eran demasiado caros.
e. Le regaló ____ libreta por su cumpleaños.
f. En el armario había ____ botes de tomate y ____ botella vacía.
g. Me apetece ____ taza de café y ____ magdalena.
h. El proveedor trajo ____ tomates, ____ berenjena, ____ naranjas y ____ filete de ternera.
i. Con ____ poco de carbón tendríamos suficiente para encender la barbacoa.
j. Su sorpresa era ____ televisor con ____ pantalla enorme y ____ mando a distancia muy pequeño.
k. ____ días después conseguimos llegar a la cumbre con todas nuestras mochilas y ____ manzanas que recogimos por el camino.
l. Tenía que escribir ____ artículo sobre las costumbres de ____ extraño animal.

3. Üben Sie wie in folgendem Muster.

(m) libro de gramática. Buscaba un libro de gramática.

a. (m) amigo de verdad
b. (f) cama para su hijo

c. (f) lámpara
d. (f, pl.) sillas de madera
e. (m) teléfono móvil
f. (m, pl.) platos de porcelana
g. (m, pl.) guantes negros
h. (f) escalera larga
i. (f, pl.) manzanas bien rojas
j. (m, pl.) zapatos de cuero
k. (f, pl.) aceitunas aliñadas
l. (m, pl.) bolígrafos de punta fina

4. Ergänzen sie die Präpositionen (*de* und *a*) plus den bestimmten Artikel.

a. Los hijos ____ jardinero adoraban ir ____ campo.
b. No sabía cómo responder ____ preguntas ____ médico.
c. El color ____ pintalabios era rojo pasión.
d. El olor ____ gasolina le recordaba ____ ciudad.
e. No podía olvidar los reproches ____ hijos.
f. Volviendo ____ colegio, vio ____ padre ____ vecina.
g. Se reunían todos ___ hora de comer.
h. El día ____ despedida no pudieron evitar llorar.
i. Ya nadie se acuerda ____ noches ____ verano pasado.
j. En el coche ____ amigos no cabían todos.
k. Le encantaba ir ____ cines ____ aire libre.

5. Substantivieren Sie diese Wörter und verwenden Sie sie in folgenden Sätzen:

bello, peor, importante, interesante, discutido, prohibido, permitido, transportado, suyo, nuestro, primero, segundo.

a. ______________ es que llegues puntual a la entrevista.
b. ______________ fue que se había dejado la cartera en casa, con todo su dinero dentro.
c. ______________ del asunto es que empezaría a trabajar en un puesto muy importante.
d. ______________ de la primavera es que empiezan a florecer las plantas y todo tiene un olor especial.
e. ______________ en esta reunión permanecerá en el más absoluto secreto.
f. El criminal siempre sentía una extraña atracción por ______________.
g. Tienes que atenerte a ____________ y no llevar a cabo actividades ilícitas.
h. ______________ en este camión parece ser bastante peligroso, a juzgar por las medidas de seguridad.
i. ______________ es conseguir que venga y después ya veremos lo que hacemos.
j. Que no se te olvide, primero tienes que freír la cebolla y ____________ que tienes que hacer es echarle el atún.
k. Tome, señora, aquí tiene __________.

1. Das Genus der Substantive

Im Spanischen sind die Substantive entweder maskulin oder feminin. Im Unterschied zum Deutschen gibt es kein Neutrum.
Das spanische Genus stimmt nicht immer mit dem deutschen überein.
– Substantive, die auf *-o* enden, sind in der Regel maskulin.
– Substantive, die auf *-a* enden, sind in der Regel feminin.

maskulin		feminin	
el vino	**der Wein**	*la cerveza*	**das Bier**

– Substantive, die auf *-e* oder auf einen Konsonanten enden, können entweder maskulin oder feminin sein.

maskulin		feminin	
el coche	**das Auto**	*la leche*	**die Milch**
el árbol	**der Baum**	*la amistad*	**die Freundschaft**

1.1 Das maskuline Genus

Meistens maskulin sind:
– Substantive auf *-o*

el tiempo	**die Zeit, das Wetter**
el museo	**das Museum**
el diario	**die Zeitung**

AUSNAHMEN: *la radio* (das Radio), *la foto* (das Foto), *la mano* (die Hand), *la moto* (das Motorrad)

– Substantive auf *-or*

el calor	**die Hitze, die Wärme**
el señor	**der Herr, der Mann**

AUSNAHME: *la flor* (die Blume)

– Substantive auf *-e*

el diente	**der Zahn**

– Substantive auf *-a* und *-á*, die eine männliche Person bezeichnen

el poeta	**der Dichter**

– Substantive auf *-aje*

el viaje	**die Reise**

– Substantive auf *-l*

el canal	**der Kanal**

– Substantive auf *-ón*

el cartón	**die Pappe**

AUSNAHMEN: Substantive auf *-ión*

– Substantive auf *-n*

el pan	**das Brot**

– die Zahlen

el ocho	**die Acht**

– die Tage

el lunes	**der Montag**

– die Monate

el enero	**der Januar**

– die meisten Flüsse, Meere, Ozeane, Seen

el Rin	der Rhein
el Mediterráneo	das Mittelmeer
el Titicaca	der Titicacasee

– die meisten Berge

los Andes	die Anden

1.2 Das feminine Genus

Meistens feminin sind:

– Substantive auf *-a*

la casa	das Haus, die Wohnung
la mesa	der Tisch
la comida	das Essen

AUSNAHMEN:

– *el día* (der Tag), *el mapa* (die Landkarte), *el sofá* (das Sofa), *el planeta* (der Planet)

– Substantive griechischer Herkunft auf *-ma: el tema* (das Thema), *el idioma* (die Sprache)

– Substantive auf *-ión*

la habitación	das Zimmer

AUSNAHMEN: *el avión* (das Flugzeug), *el camión* (der Lastwagen)

– Substantive auf *-dad und -tad*

la libertad	die Freiheit

– Substantive auf *-z*

la paz	der Frieden

– Substantive auf *-tud*

la juventud	**die Jugend**

– Substantive auf *-umbre*

la costumbre	**die Gewohnheit, die Sitte**

– die Buchstaben

la o	**das O**
la b	**das B**

1.3 Die Bezeichnung von männlichen und weiblichen Lebewesen

Personen

Die Bezeichnungen von männlichen und weiblichen Personen werden unterschiedlich gebildet.

– Maskulinum auf *-o*, Femininum auf *-a*

el hermano	**der Bruder**	*la hermana*	**die Schwester**
el abogado	**der Rechtsanwalt**	*la abogada*	**die Rechtsanwältin**

– Bei maskulinen Substantiven, die auf einen Konsonanten enden, fügt man für die femine Form ein *-a* hinzu.

el pintor	**der Maler**	*la pintora*	**die Malerin**
el conductor	**der Fahrer**	*la conductora*	**die Fahrerin**

– Substantive, die auf *-ista* und *-ante* enden, haben die gleiche Form für Femininum und Maskulinum.

el/la taxista	**der Taxifahrer/die Taxifahrerin**
el/la turista	**der Tourist/die Touristin**
el/la estudiante	**der Student/die Studentin**
el/la dentista	**der Zahnarzt/die Zahnärztin**
el/la artista	**der Künstler/die Künstlerin**

– Einige Substantive bilden das Femininum mit dem Anhängen einer Endung *(-triz, -ina, -esa, -isa)* an die maskuline Form.

el actor	der Schauspieler	*la actriz*	die Schauspielerin
el rey	der König	*la reina*	die Königin
el poeta	der Dichter	*la poetisa*	die Dichterin

– In einigen Fällen haben Maskulinum und Femininum unterschiedliche Wortstämme.

el hombre	der Mann	*la mujer*	die Frau
el padre	der Vater	*la madre*	die Mutter

Tiere

Es gibt verschiedene Möglichkeiten, männliche und weibliche Tiere voneinander zu unterscheiden.

– Maskulinum auf *-o*, Femininum auf *-a*

el perro	der Hund	*la perra*	die Hündin

– Für einige Tiere gibt es nur eine maskuline oder feminine Bezeichnung, die beide Geschlechter einschließt.

la mariposa	der Schmetterling
el ratón	die Maus

– Bei einigen Tierarten werden männliches und weibliches Tier völlig unterschiedlich bezeichnet.

el caballo	das Pferd	*la yegua*	die Stute
el toro	der Stier	*la vaca*	die Kuh

Pflanzen

– Bäume sind meistens maskulin, die entsprechenden Früchte feminin.

el manzano	der Apfelbaum	*la manzana*	der Apfel
el ciruelo	der Pflaumenbaum	*la ciruela*	die Pflaume

1.4 Gleichlautende Substantive mit Bedeutungsveränderung im femininen und im maskulinen Genus

– Einige Substantive, die für das Maskulinum und Femininum eine gleiche Form haben, tragen je nach Genus eine unterschiedliche Bedeutung.

el capital	das Kapital	*la capital*	die Hauptstadt
el cólera	die Cholera	*la cólera*	die Wut
el corte	der Schnitt	*la corte*	der Hof
el cura	der Pfarrer	*la cura*	die Kur
el orden	die Ordnung	*la orden*	der Orden, der Befehl

2. Der Plural

2.1 Pluralbildung auf *-s*

– Bei Substantiven, die auf einen Vokal enden, fügt man im Plural ein *-s* hinzu.

el libro	das Buch	*los libros*	die Bücher
la calle	die Straße	*las calles*	die Straßen

Ausnahme: Substantive auf *-í*, *-ú*

2.2 Pluralbildung auf *-es*

– Bei Substantiven, die auf einen Konsonanten oder auf *-y* enden, fügt man im Plural ein *-es* hinzu.

la ciudad	die Stadt	*las ciudades*	die Städte
el rey	der König	*los reyes*	die Könige

– Bei Substantiven, die auf *-z* enden, wird im Plural das *-z* zum *-c-*.

el lápiz	der Bleistift	*los lápices*	die Bleistifte
la voz	die Stimme	*las voces*	die Stimmen

– Bei Substantiven, die auf ein betontes *-í* oder *-ú* enden, fügt man im Plural ein *-es* hinzu.

el jabalí	das Wildschwein	*los jabalíes*	die Wildschweine
el bambú	das Bambusrohr	*los bambúes*	die Bambusrohre

ÜBUNGEN: DAS SUBSTANTIV

1. Bestimmen Sie das Genus dieser Substantive.

a. tiempo ____________
b. calor ____________
c. comida ____________
d. tema ____________
e. situación ____________
f. reportaje ____________
g. salón ____________
h. amistad ____________
i. juventud ____________
j. vejez ____________
k. casa ____________
l. Atlántico ____________

2. Ergänzen Sie den bestimmten Artikel.

a. En ____ mes de marzo iré a visitar ____ región.
b. ____ luz le daba en ____ ojos y no le permitía ver ____ camión.
c. ____ cama estaba junto a ____ ventana de ____ habitación.
d. Tenía toda ____ razón, ____ imagen estaba muy borrosa.
e. ____ libertad de expresión es muy importante.
f. ____ periódico llegaba todas ____ tardes a ____ casa de ____ playa.
g. Apaga ____ televisión y recoge ____ lápices.
h. Cogió ____ vaso d ____ armario y lo llenó de agua.
i. Dibujó ____ corazón en ____ árbol con ____ navaja.
j. Sacó ____ sillas de ____ furgoneta y las colocó en ____ salón.
k. ____ libro de gramática tiene ____ letras muy claras.
l. Sobre ____ cama estaban ____ sábanas azules.

3. Ergänzen Sie das richtige Wort.

a. el capital/la capital
Invirtió todo __________ en aquella empresa. __________ de España es Madrid.
b. el frente/la frente
Tenía un grano enorme en ________. Durante la guerra, había más de __________.
c. el cólera/la cólera
__________ es una enfermedad que afecta al intestino. __________ del presidente perjudicaba a su propio país.
d. el corte/la corte
Se hizo __________ en la mano mientras partía la sandía. __________ de Carlos V cambiaba mucho de sede.
e. el cura/la cura
__________ que necesitaba el enfermo era muy complicada. __________ de nuestra parroquia solía dar unos sermones preciosos.

4. Bilden Sie Sätze mit den femininen Formen dieser Wörter.

a. El abogado lee el periódico.
b. El señor toma siempre café con leche.
c. El actor representa muy bien su papel.
d. El artista aparecía en todas las revistas.
e. El gallo se paseaba por el gallinero contoneándose.
f. El novio de su amiga ha tenido un accidente.
g. El príncipe de España tiene varias carreras.
h. El sobrino de José tiene ya cuatro años.
i. El poeta trabajaba con afán.

5. Bilden Sie Sätze mit den maskulinen Formen dieser Wörter.

a. La vaca pastaba tranquilamente por el prado.
b. La poetisa coronó su obra con unos versos inolvidables.
c. La nuera de Lucía compraba siempre en ese supermercado.
d. La madre de Juan no le permitía comprarse ropa negra.
e. La reina cumplía un papel muy importante en el gobierno del país.
f. Guarda la yegua en los establos y dale de comer.
g. Hay que cortarle el pelo a la perra.
h. La mujer del traje gris trabaja en el banco de la esquina.
i. La estudiante hizo el examen sin demasiada seguridad.
j. La taxista no conocía muy bien el camino al aeropuerto.
k. La cocinera preparaba unos platos excelentes.
l. Esos cuadros son de una pintora de Madrid.

6. Welche Früchte tragen diese Bäume?

El manzano da manzanas.

a. El naranjo da ____________________.
b. El mandarino da __________________.

7. Bilden Sie Sätze im Plural mit diesen Wörtern.

a. El profesor nos leía el libro.
b. Nos gustaba mucho visitar aquella ciudad.
c. El rey de la fiesta no dejaba de bailar y de animar a todo el mundo.
d. El portavoz de los sindicatos asistía a todas las manifestaciones.
e. Los osos panda se alimentan a base de bambú.
f. Persiguieron a un jabalí por toda la sierra.
g. Necesito un atlas para localizar aquel país.
h. Todos los jefes de estado se encuentran muy preocupados por la crisis en Oriente Medio.

1. Die Endungen des Adjektivs

Das Adjektiv stimmt in Geschlecht und Zahl mit dem Substantiv überein, auf das es sich bezieht.

1.1 Singular

– Adjektive, die im Maskulinum auf *-o* enden, bilden das Femininum auf *-a*.

maskulin	*el coche nuevo*	**das neue Auto**
feminin	*la bicicleta nueva*	**das neue Fahrrad**

– Adjektive, die im Maskulinum nicht auf *-o* enden, sind meist unveränderlich.
– Adjektive, die auf *-e, -í* oder *–ú* enden, haben für das Femininum und das Maskulinum nur eine Form.

maskulin	*el libro interesante*	**das interessante Buch**
feminin	*la película interesante*	**der interessante Film**

– Adjektive, die auf einen Konsonanten enden, haben für das Femininum und Maskulinum nur eine Form.

maskulin	*el invento genial*	**die geniale Erfindung**
feminin	*la idea genial*	**die geniale Idee**

AUSNAHMEN:
– Adjektive, die auf *-or*, *-ón*, *-án* enden, bilden in der Regel das Femininum durch Anhängen von einem *-a*.

maskulin	*el hombre trabajador*	**der fleißige Mann**
	el hombre comilón	**der gefräßige Mann**
	el hombre haragán	**der faule Mann**
feminin	*la mujer trabajadora*	**die fleißige Frau**
	la mujer comilona	**die gefräßige Frau**
	la mujer haragana	**die faule Frau**

– Adjektive, die aus Länder- oder Städtenamen abgeleitet sind und auf Konsonant enden, bilden die Femininform mit *-a*.

maskulin	*el vino alemán*	**der deutsche Wein**
	el vino español	**der spanische Wein**
feminin	*la comida alemana*	**das deutsche Essen**
	la comida española	**das spanische Essen**

SONDERFALL

maskulin	***el muchacho optimista***	**der optimistische Junge**
feminin	***la muchacha optimista***	**das optimistische Mädchen**

1.2 Plural

Die Pluralbildung der Adjektive erfolgt wie bei Substantiven durch Anhängen von *-s* nach Vokal. Nach einem Konsonanten bilden die Adjektive den Plural durch Anhängen von *-es*.

el coche nuevo	**das neue Auto**
los coches nuevos	**die neuen Autos**
el poeta genial	**der geniale Dichter**
los poetas geniales	**die genialen Dichter**

AUSNAHMEN:

– Bei Adjektiven, die auf ein betontes *-í* oder *-ú* enden, fügt man im Plural *-es* hinzu.

la ciudad iraní	**die iranische Stadt**
las ciudades iraníes	**die iranischen Städte**

1.3 Sonderformen von *bueno, malo, grande* und *santo*

– *Bueno* und *malo* werden im Singular vor maskulinen Substantiven zu *buen* bzw. *mal* verkürzt.

un buen padre	**ein guter Vater**
un mal ejemplo	**ein schlechtes Beispiel**

– *Grande* wird im Singular vor femininen und maskulinen Substantiven zu *gran* verkürzt.

un gran momento	**ein großer Moment**
una gran ayuda	**eine große Hilfe**

– *Santo* wird im Singular vor maskulinen Substantiven zu *San* verkürzt.

San Pablo	**der heilige Paulus**

1.4 Übereinstimmung des Adjektivs mit dem Substantiv

– Das Adjektiv stimmt sowohl im attributiven als auch im prädikativen Gebrauch in Geschlecht und Zahl mit dem Substantiv überein, auf das es sich bezieht.

Attributiver Gebrauch (Adjektiv steht direkt beim Substantiv):

los pueblos pequeños	**die kleinen Dörfer**

Prädikativer Gebrauch (Adjektiv ist vom Substantiv durch das Verb getrennt):

Los pueblos son pequeños.	**Die Dörfer sind klein.**

VORSICHT!

Unterschied zum Deutschen:

– Wenn ein Adjektiv sich auf zwei oder mehrere Substantive bezieht, wird die Pluralform verwendet.

la mesa y la silla oscuras **der dunkle Tisch und der dunkle Stuhl**

– Wenn ein Adjektiv sich auf zwei oder mehrere Substantive verschiedenen Geschlechts bezieht, wird die männliche Pluralform verwendet.

la botella y el vaso vacíos **die leere Flasche und das leere Glas**

2. Die Stellung des attributiven Adjektivs

– Im Spanischen steht das Adjektiv im Gegensatz zum Deutschen in der Regel nach dem Substantiv.

Tengo un reloj antiguo.	**Ich habe eine antike Uhr.**

– Das Adjektiv wird vorangestellt, wenn es besonders betont werden soll.

Es un verdadero problema.	**Es ist ein wirkliches Problem.**

– *Mucho*, *poco* und *otro* stehen immer vor dem Substantiv.

Hace mucho frío.	**Es ist sehr kalt.**
Tengo poco tiempo.	**Ich habe wenig Zeit.**
Están en otro lugar.	**Sie sind in einem anderen Ort.**

ACHTUNG!

Vor ***otro*** steht kein unbestimmter Artikel.

– *Bueno*, *malo* und *grande* stehen oft vor dem Substantiv.
Bei einigen Adjektiven ändert sich die Bedeutung je nachdem, ob sie vor- oder nachgestellt sind.

una sola mujer	**eine einzige Frau**
una mujer sola	**eine alleinstehende Frau**
un curioso hombre	**ein seltsamer Mann**
un hombre curioso	**ein neugieriger Mann**
una vieja amiga	**eine Freundin, die man schon lange kennt**
una amiga vieja	**eine alte/betagte Freundin**

3. Die Substantivierung des Adjektivs

Wie im Deutschen können im Spanischen fast alle Adjektive durch den Artikel substantiviert werden.

el malo	**der Böse**
una rubia	**eine Blonde**
lo bueno	**das Gute**
el anciano	**der Alte**

ÜBUNGEN: DAS ADJEKTIV

1. Bilden Sie anhand des Beispielsatzes mit den gegebenen Wörtern sinnvolle Sätze.

Trajo-alfombra (rojo)
Trajo una alfombra roja.

a. Compró-sandía (grande)
b. Tiene-café (negro)
c. Necesita-coche (nuevo)
d. Escoge-mantel (azul)
e. Quiero-ordenador (portátil)
f. Escucha-radio (español)
g. Pide-reloj (digital)
h. Leía-libro (interesante)
i. Contrata-mujer (trabajador)
j. Bebe-chocolate (espeso)
k. Despierta a-niño (dormilón)
l. Importan-seda (chino)

2. Setzen Sie die Sätze in den Plural. Achten Sie auf die richtige Pluralform.

a. Tiene una idea genial.
b. Hace un día precioso.
c. Los domingos siempre cocina comida hindú.
d. Necesitaba urgentemente una botella vacía.
e. Nos regalaron una nevera portátil.
f. ¿Me pasas la chaqueta azul?
g. Se comió una magdalena casera para merendar.
h. Me dio una lata metálica para guardar los cromos.

3. Bilden Sie Fragen nach folgendem Muster.

Alfombra, sofá (blanco) ¿Qué has hecho con la alfombra y el sofá blancos?

a. Vaso, plato (metálico)
b. Falda, camisa (amarilla)
c. juguetes, comida (infantil)
d. monedas, billetes (falso)
e. collar, broche (dorado)
f. Sandía, naranjas (fresco)
g. Merluza, patatas (congelado)
h. Sopa, verduras (caliente)
i. Maleta, mochila (grande)
j. Zapatos, sandalias (limpio)
k. Pasta, queso (italiano)

4. Fügen Sie diese Adjektive an den richtigen Stellen ein (keins davon ist besonders betont).

a. Toda la familia vivía en una casa. (antigua)
b. Los niños deben irse a la cama temprano. (pequeños)
c. Era un ejemplo para el resto de sus hermanos. (mal)
d. La profesora dedicaba tiempo a preparar sus clases. (mucho)
e. Prácticamente en todas las casas de España hay agua. (corriente)
f. En la escuela solía demostrar un comportamiento. (buen)
g. El chocolate contiene más cacao

que los otros tipos de chocolate. (puro)

h. Sus amigos siempre decían que tenía un sentido del humor. (gran)

i. En nuestra oficina solemos utilizar papel. (reciclado)

j. Las infusiones son muy buenas para el resfriado. (calientes)

k. Isidro es el patrón de Madrid. (San)

l. Mi hermano siempre perdía los bolígrafos. (azules)

5. Ergänzen Sie die passenden Substantivierungen von Adjektiven in folgenden Sätzen.

una morena, el enfermo, el malo, lo bueno, el tonto, los dulces, el antipático, el pequeño.

a. ____________ todavía no había aprendido a leer.

b. _____________ son perjudiciales para los dientes, causan caries.

c. ____________ de la película suele ser el más feo.

d. ¿____________ viene con nosotros al cine?

e. A todo el mundo le gusta ____________ .

f. Juan salió el domingo con ____________ impresionante.

g. Hace muchos años, Andrés era ____________ del pueblo, que no paraba de hacer cosas extrañas.

h. ____________ debía permanecer todavía varias semanas en el hospital.

6. Üben Sie den Komparativ.

Hable-alto. Hable usted más alto.

a. Conduzca-deprisa.

b. Sea-simpático.

c. Corra-despacio.

d. Coma-sano.

e. Haga el café-fuerte.

f. Escriba-claro.

g. Compre tomates-maduros.

h. Póngase ropa-caliente.

i. Beba agua-fría.

7. Wenn Pablo sympathischer als Juan ist, ist Juan weniger sympathisch als Pablo.

Laura es más alta que Elena. Elena es menos alta que Laura.

a. Mario es más trabajador que Luis.

b. Gonzalo está más ocupado que Ana.

c. Fernando corre más rápido que Santiago.

d. Mi hermano come más deprisa que yo.

e. Cristina es menos comprensiva que Manuela.

f. Lucía ríe más fuerte que Raúl.

g. Ariel lava más blanco que Colon.

h. Diego escribe menos claro que Andrés.

i. El televisor es más grande que el hueco.

j. La sartén es menos práctica que el cazo.

k. Para algunas personas el dinero es más importante que la salud.

Adverbien dienen dazu ein Verb, ein Adjektiv, ein anderes Adverb oder einen ganzen Satz näher zu bestimmen. Sie sind unveränderlich.

1. Die Formen des Adverbs

Es gibt im Spanischen die ursprünglichen Adverbien (z. B. *hoy* heute, *allí* dort) und die von Adjektiven abgeleiteten Adverbien (z. B. *valientemente* mutig, *activamente* aktiv). Außerdem gibt es adverbiale Ausdrücke, bei denen zwei oder mehrere Wörter als Adverb verwendet werden (*a veces* manchmal, *a tiempo* rechtzeitig).

– Die abgeleiteten Adverbien werden durch Anhängen der Endung *-mente* an die feminine Singularform des Adjektivs gebildet.

	Adjektiv		Adverb	
maskulin	*largo*	**lang**	*largamente*	**lange**
feminin	*larga*	**lang**		
maskulin	*tranquilo*	**langsam**	*tranquilamente*	**langsam**
feminin	*tranquila*	**langsam**		

– Bei Adjektiven mit nur einer Singularform für Feminin und Maskulin wird die Endung *-mente* direkt an diese Form angehängt.

alegre	**fröhlich**	*alegremente*	**fröhlich**
difícil	**schwer**	*difícilmente*	**schwer**

– Wenn das Adjektiv einen Akzent trägt, bleibt dieser beim Adverb erhalten.

rápido	**schnell**	*rápidamente*	**schnell**
fácil	**leicht**	*fácilmente*	**leicht**

– Wenn zwei oder mehr abgeleitete Adverbien aufeinander folgen, hat nur das letzte die Endung *-mente*. Die übrigen Adverbien behalten die feminine Form.

Caminan pausada y cansadamente.
Sie gehen langsam und müde.

2. Die Adverbklassen

Adverbien unterteilen sich gemäß ihrer Bedeutung in folgende Klassen:
– Adverbien der Zeit

hoy **heute,** *ayer* **gestern,** *mañana* **morgen,** *temprano* **früh,** *tarde* **spät,** *entonces* **damals, dann,** *todavía* **noch,** *pronto* **bald,** *nunca* **nie,** *ya* **schon, sofort**

– Adverbien des Ortes

aquí/acá **hier,** *allí/allá* **dort,** *lejos* **weit weg,** *detrás* **hinten,** *dentro* **innen,** *arriba* **oben**

– Adverbien der Art und Weise

mal **schlecht,** *bien* **gut,** *así* **so,** *despacio* **langsam**

– Adverbien der Menge

bastante **genug, ziemlich,** *poco* **wenig,** *nada* **nichts,** *mucho* **viel, sehr,** *muy* **sehr,** *solo* **nur,** *más* **mehr**

– Adverbien des Zweifels

acaso/quizá(s)/tal vez **vielleicht**

– Adverbien der Bejahung und der Verneinung

sí **ja,** *verdaderamente* **wahrhaftig,** *ciertamente* **sicherlich,** *no* **nicht, nein,** *tampoco* **auch nicht**

3. Die Steigerung der Adverbien

3.1 Regelmäßige Steigerungsformen

Der Komparativ
Der Komparativ der Adverbien ist vergleichbar mit dem des Adjektivs.

Gleichheit:	*tan* + Adverb + *como* so, ebenso ... wie	*tan fácilmente como* so leicht wie
Ungleichheit:	*más* + Adverb + *(que)* mehr ... als	*más fácilmente (que)* leichter (als)
	menos + Adverb + *(que)* weniger ... als	*menos fácilmente (que)* weniger leicht als

Der Superlativ

– Relativer Superlativ

bestimmter Artikel + (Substantiv) + *que/más/menos* + Adverb

Ana es la que más puntualmente llega.
Ana kommt am pünktlichsten an.
Ana es la que menos puntualmente llega.
Ana kommt am wenigsten pünktlich an.

– Absoluter Superlativ

muy + Adverb

muy claramente	sehr deutlich

– Die abgeleiteten Adverbien bilden den absoluten Superlativ wie folgt:
Adjektivstamm + *-ísimamente*

comodísimamente	ungeheuer bequem

3.2 Unregelmäßige Steigerungsformen

	Komparativ	Superlativ
bien gut	*mejor* besser	*mejor* am besten
mal schlecht	*peor* schlechter	*peor* am schlechtesten
mucho viel, *muy* sehr	*más* mehr	*más* am meisten
poco wenig	*menos* weniger	*menos* am wenigsten

Gloria come poco.	Gloria isst wenig.
Gloria come menos que Isabel.	Gloria isst weniger als Isabel.
Gloria es la que menos come.	Gloria isst am wenigsten.

4. Die Stellung der Adverbien

– Im Spanischen stehen Adverbien in der Regel nach dem Verb, vor dem Adjektiv und vor dem Adverb.

La farmacia está lejos.	**Die Apotheke ist weit weg.**
Es una persona muy responsable.	**Es ist eine sehr verantwortungsbewusste Person.**
Llegan bastante temprano.	**Sie kommen ziemlich früh an.**

INFOKASTEN

Mucho (sehr, viel) steht als Adverb nach einem Verb.
Muy (sehr) steht vor Adjektiven oder Adverbien.

Me gusta mucho.	**Es gefällt mir sehr.**
Es muy importante.	**Es ist sehr wichtig.**
Vienen muy frecuentemente.	**Sie kommen sehr häufig.**

5. Das adverbial gebrauchte Adjektiv

Einige Adjektive werden vor allem in der Umgangssprache als Adverb gebraucht.

jugar limpio	**fair spielen**	*comprar barato*	**billig kaufen**
hablar bajo	**leise sprechen**	*trabajar duro*	**hart arbeiten**
escribir rápido	**schnell schreiben**		

INFOKASTEN

Häufig ersetzen adverbiale Ausdrücke ein Adverb.

(Generalmente) En general el partido de fútbol empieza a las cuatro de la tarde.
Im Allgemeinen beginnt das Fußballspiel um vier Uhr nachmittags.
Mi abuela Blanca es una verdadera dama, siempre se viste con elegancia (elegantemente).
Meine Großmutter Blanca ist eine echte Dame, sie kleidet sich stets elegant.

ÜBUNGEN: DAS ADVERB

1. Ergänzen Sie die Tabelle:

mask. Adj.	fem. Adj.	Adverb
lento	lenta	lentamente
artificial	---------	---------
alto	---------	---------
inteligente	---------	---------
---------	práctica	---------
fácil	---------	---------
---------	---------	completamente
---------	---------	libremente
estrecho	---------	---------
---------	ancha	---------
---------	---------	normalmente

2. Bilden Sie aus dem Adjektiv ein Adverb.

a. largo ------------
b. alegre ------------
c. pesado ------------
d. cansado ------------
e. rápido ------------
f. accidentado ------------
g. afortunado ------------
h. relajado ------------
i. sorprendente ------------
j. torpe ------------
k. brillante ------------
l. generoso ------------

3. Setzen Sie die Adverbien der Übung 2 sinnvoll ein.

a. Pasamos toda la tarde en su casa y estuvimos hablando -------------.
b. --------- nadie se había dado cuenta de que la puerta estaba abierta.
c. Es probable que viniera con el coche porque llegó ----------------.
d. Resolvió el problema -------------.
e. Cogió los platos tan ------------- que se le cayeron todos al suelo.
f. Paseaba-------------, cantando y riendo sin parar.
g. La viuda donó -------------- una parte de su herencia a aquella institución.
h. La plancha cayó ------------ sobre la tabla.
i. ------------- los conductores de los dos coches no sufrieron ningún daño.
j. La situación no era nada tensa, los invitados hablaban --------------.
k. El viaje transcurrió -------------, tuvimos suerte de llegar sanos y salvos.
l. Se movía ------------, sin apenas las fuerzas necesarias para seguir adelante.

4. Formulieren Sie die Sätze mit den angegebenen Adverbien entsprechend dem folgenden Beispielsatz.

¿Cómo estaba pintada la habitación? (bien) Hablaban sobre una habitación que estaba bien pintada.

a. ¿Cómo de enamorada estaba la pareja? (verdaderamente)
b. ¿Cómo comía la familia? (tranquilamente)
c. ¿Cómo conducía el taxista? (prudentemente)
d. ¿Cómo de frío fue aquel día? (bastante)
e. ¿Cómo recordaba el abuelo a su nieta? (cariñosamente)
f. ¿Cómo recogió la muchacha toda la casa? (rápidamente)
g. ¿Cómo felicitó el niño a su madre? (alegremente)
h. ¿Cómo lavaron los amigos la ropa? (eficientemente)
i. ¿Cómo recibieron los compañeros al estudiante? (ruidosamente)
j. ¿Cómo de grande se había hecho el niño? (sorprendentemente)

5. Ergänzen Sie ein passendes Adverb (beachten Sie die Adverbklasse in Klammern).

a. ______________ hemos quedado para ir al cine (Zeit).
b. Dijo que ______________ llegarían por la tarde (Zweifel).
c. ¿Cuánta gente vive ______________ (Ort)?
d. Paseaba ____________ por la explanada, dándole de comer a las palomas (Art und Weise).
e. Fumaba ____________, pero disfrutaba intensamente los cigarros (Menge).
f. ¿Quieres que compremos una estantería? ______________ (Bejahung).
g. ¿Me puedes dejar el coche? ______________ (Verneinung).
h. Miguel leía _____________ El Quijote sentado en el sofá de su casa (Art und Weise).
i. _____________ tenemos que hacer los ejercicios de gramática (Zeit).
j. Solía dormir _____________ y acostarse pronto (Menge).

6. Verbinden Sie die Sätze mit der richtigen Übersetzung.

a. Ich sehe ihn oft.
b. Dein Fahrrad steht da drüben.
c. Sie arbeitet langsam.
d. Er spielt ziemlich gut.
e. Vielleicht kommt Manuel auch.
f. Das ist sicherlich das Ereignis des Jahres.
g. Ich will nicht.
h. Sie geht müde.
i. Ich finde es schwer.
j. Manchmal trinke ich Bier.
k. María wohnt da oben.
l. Alicia ist sehr hübsch.

Es, seguramente, el suceso del año. Tu bicicleta está por allí. Lo encuentro difícil. María vive aquí arriba. Quizá viene también Manuel. Lo veo a menudo. A veces bebo cerveza. Trabaja despacio. Juega bastante bien. Anda cansada. Alicia es muy guapa. No quiero.

DAS VERB

Im Spanischen gibt es bei den Verben drei Konjugationsgruppen, je nach der Endung des Infinitivs auf *-ar, -er* oder *-ir:*

– 1. Konjugation: Verben auf *-ar* (*habl -ar* sprechen).
– 2. Konjugation: Verben auf *-er* (*tem -er* fürchten).
– 3. Konjugation: Verben auf *-ir* (*abr -ir* öffnen).

1. Der Indikativ

1.1 Einfache Tempora
1.1.1 Indikativ Präsens

Regelmäßige Verben:
Diese Verben behalten in allen Formen ohne Veränderungen den Stamm des Infinitivs. Für alle Verben einer Konjugationsgruppe gelten dieselben Endungen.

	-ar	*-er*	*-ir*
	hablar	*temer*	*abrir*
	sprechen	**fürchten**	**öffnen**
(yo)	*hablo*	*temo*	*abro*
(tú)	*hablas*	*temes*	*abres*
(él, ella, usted)	*habla*	*teme*	*abre*
(nosotros/-as)	*hablamos*	*tememos*	*abrimos*
(vosotros/-as)	*habláis*	*teméis*	*abrís*
(ellos, ellas, ustedes)	*hablan*	*temen*	*abren*

INFOKASTEN

Die Verben der 2. und 3. Konjugation (die Verben auf *-er* und *-ir*) bilden alle Formen des Singular und die 3. Person Plural mit identischen Endungen. Sie unterscheiden sich nur in der 1. und 2. Person Plural.
Mehrsilbige Verben erhalten in der 2. Person Plural einen Akzent.

Gruppenverben:
Diese Verben verändern Ihren Stamm im Präsens nach bestimmten Regeln. Es gibt Gruppen von Verben mit den gleichen Unregelmäßigkeiten.

a) Bei einigen Verben ändert sich in den stammbetonten Formen (im Singular und in der dritten Person Plural) der Stammvokal. Die Endungen sind regelmäßig.

– Gruppe *e > ie*

	pensar	*querer*	*mentir*
	denken	**mögen, wollen**	**lügen**
(yo)	*pienso*	*quiero*	*miento*
(tú)	*piensas*	*quieres*	*mientes*
(él, ella, usted)	*piensa*	*quiere*	*miente*
(nosotros/-as)	*pensamos*	*queremos*	*mentimos*
(vosotros/-as)	*pensáis*	*queréis*	*mentís*
(ellos, ellas, ustedes)	*piensan*	*quieren*	*mienten*

Zu dieser Gruppe gehören: *cerrar* schließen, *comenzar* beginnen, *despertar(se)* wecken, aufwachen, *empezar* anfangen, *negar* verneinen, *entender* verstehen, *perder* verlieren, *divertirse* sich amüsieren, *preferir* vorziehen, *sentir* fühlen, bedauern

– Gruppe *o > ue*

	contar	*volver*	*dormir*
	(er)zählen	**zurückkommen**	**schlafen**
(yo)	*cuento*	*vuelvo*	*duermo*
(tú)	*cuentas*	*vuelves*	*duermes*
(él, ella, usted)	*cuenta*	*vuelve*	*duerme*
(nosotros/-as)	*contamos*	*volvemos*	*dormimos*
(vosotros/-as)	*contáis*	*volvéis*	*dormís*
(ellos, ellas, ustedes)	*cuentan*	*vuelven*	*duermen*

Zu dieser Gruppe gehören: *acostarse* zu Bett gehen, *almorzar* zu Mittag essen, *costar* kosten, *encontrar* finden, treffen, *mostrar* zeigen, *probar* versuchen, (an)probieren, *recordar* (sich) erinnern, *rogar* bitten, beten, *sonar* klingeln, *soñar* träumen, *volar* fliegen, *doler* schmerzen, *morder* beißen, *mover* bewegen, *morir* sterben, *poder* können

INFOKASTEN

Bei ***jugar*** (spielen) wird der Stammvokal *-u-* in den stammbetonten Formen zu *-ue-*: ***juego, juegas, juega, jugamos, jugáis, juegan***.

– Gruppe *e > i*

	pedir
	bitten
(yo)	*pido*
(tú)	*pides*
(él, ella, usted)	*pide*
(nosotros/-as)	*pedimos*
(vosotros/-as)	*pedís*
(ellos, ellas, ustedes)	*piden*

Zu dieser Gruppe gehören einige Verben auf *-ir*:
despedirse sich verabschieden, *elegir* auswählen, *reírse* lachen, *repetir* wiederholen, *seguir* folgen, fortfahren, *servir* dienen, *vestirse* sich anziehen

b) Bei einigen Verben auf *-iar* und *-uar* erhalten *-i-* bzw. *-u-* in den stammbetonten Formen einen Akzent: *i > í, u > ú.*

	-iar	*-uar*
	confiar	*acentuar*
	(an)vertrauen	**betonen**
(yo)	*confío*	*acentúo*
(tú)	*confías*	*acentúas*
(él, ella, usted)	*confía*	*acentúa*
(nosotros/-as)	*confiamos*	*acentuamos*
(vosotros/-as)	*confiáis*	*acentuáis*
(ellos, ellas, ustedes)	*confían*	*acentúan*

Zu dieser Gruppe gehören:
ampliar erweitern, *enviar* schicken, guiar *führen*, *vaciar* leeren, *actuar* handeln, *continuar* fortfahren
Dazu gehören auch:
prohibir verbieten (*prohíbo*, *prohíbes*, *prohíbe*, *prohibimos*, *prohibís*, *prohíben*) und *reunir* versammeln (*reúno*, *reúnes*, *reúne*, *reunimos*, *reunís*, *reúnen*)

c) Bei Verben auf *-uir* wird in den stammbetonten Formen ein *-y-* vor den Endungen hinzugefügt.

	construir
	bauen
(yo)	*construyo*
(tú)	*construyes*
(él, ella, usted)	*construye*
(nosotros/-as)	*construimos*
(vosotros/-as)	*construís*
(ellos, ellas, ustedes)	*construyen*

Zu dieser Gruppe gehören:
contribuir beitragen, *destruir* zerstören, *disminuir* vermindern, *distribuir* verteilen, *excluir* ausschließen, *incluir* einschließen, *instruir* unterrichten

d) Bei Verben auf *-acer, -ecer, -ocer, -ucir* wird in der ersten Person Singular *-c-* zu *-zc-*. Die anderen Personen sind regelmäßig.

	conocer
	kennen, kennenlernen
(yo)	*conozco*
(tú)	*conoces*
(él, ella, usted)	*conoce*
(nosotros/-as)	*conocemos*
(vosotros/-as)	*conocéis*
(ellos, ellas, ustedes)	*conocen*

Zu dieser Gruppe gehören:
nacer geboren werden, *agradecer* danken, *crecer* wachsen, *enriquecerse* sich bereichern, *envejecer* alt werden, *obedecer* gehorchen, *ofrecer* anbieten, *parecer* scheinen, *permanecer* bleiben, *pertenecer* gehören, *reconocer* erkennen, zugeben, *conducir* führen, fahren, *producir* herstellen, *traducir* übersetzen

Orthografische Besonderheiten
In der ersten Person Singular einiger Verben gibt es in Indikativ Präsens orthografische Veränderungen zum Erhalt der Aussprache:
Verben auf *-ger, -gir: -g- > -j- elegir* auswählen, 1. Ps. Sg. *elijo*
Verben auf *-guir: -gu- > -g- seguir* folgen 1. Ps. Sg. *sigo*
Verben auf *-cer* nach Konsonant: *-c- > -z- convencer* überzeugen, 1. Ps. Sg. *convenzo*

Unregelmäßige Verben:
Diese Verben haben Veränderungen sowohl im Stamm als auch in der Endung. Die wichtigsten unregelmäßigen Verben werden im Kapitel „Unregelmäßige Verben" behandelt. Dort werden alle abweichenden Formen der Verben aufgeführt.

1.1.2 Indikativ Imperfekt

Regelmäßige Verben:

	-ar	*-er*	*-ir*
	hablar	***temer***	***abrir***
	sprechen	**fürchten**	**öffnen**
(yo)	***hablaba***	***temía***	***abría***
(tú)	***hablabas***	***temías***	***abrías***
(él, ella, usted)	***hablaba***	***temía***	***abría***
(nosotros/-as)	***hablábamos***	***temíamos***	***abríamos***
(vosotros/-as)	***hablabais***	***temíais***	***abríais***
(ellos, ellas, ustedes)	***hablaban***	***temían***	***abrían***

Unregelmäßige Verben:
Alle Verben des Imperfekts sind regelmäßig mit Ausnahme von:
ser sein
ir gehen, fahren
ver sehen

1.1.3 *Indefinido*

Regelmäßige Verben:

	-ar	*-er*	*-ir*
	hablar	***temer***	***abrir***
	sprechen	**fürchten**	**öffnen**
(yo)	***hablé***	***temí***	***abrí***
(tú)	***hablaste***	***temiste***	***abriste***
(él, ella, usted)	***habló***	***temió***	***abrió***
(nosotros/-as)	***hablamos***	***temimos***	***abrimos***
(vosotros/-as)	***hablasteis***	***temisteis***	***abristeis***
(ellos, ellas, ustedes)	***hablaron***	***temieron***	***abrieron***

INFOKASTEN

Die Verben der 2. und 3. Konjugation (Verben auf ***-er, -ir***) haben im *indefinido* dieselben Endungen.

Gruppenverben:

– Bei Verben auf *-ir* mit Vokaländerung im Präsens von *-e-* zu *-i-* (→ Gruppe e > i) wird in der 3. Person Singular und Plural des *indefinido* der Stammvokal *-e-* zu *-i-*.

	pedir
	bitten
(yo)	***pedí***
(tú)	***pediste***
(él, ella, usted)	***pidió***
(nosotros/-as)	***pedimos***
(vosotros/-as)	***pedisteis***
(ellos, ellas, ustedes)	***pidieron***

Bei Verben auf *-ir* mit Diphthongierung im Präsens von *-e-* zu *-ie-* (→ Gruppe *e > ie*) wird in der 3. Person Singular und Plural des *indefinido* der Stammvokal *-e-* zu *-i-*.

	mentir
	lügen
(yo)	***mentí***
(tú)	***mentiste***
(él, ella, usted)	***mintió***
(nosotros/-as)	***mentimos***
(vosotros/-as)	***mentisteis***
(ellos, ellas, ustedes)	***mintieron***

– Bei den Verben *dormir* (schlafen) und *morir* (sterben) wird in der 3. Person Singular und Plural des *indefinido* der Stammvokal *-o-* zu *-u-*.

INFOKASTEN

Der Vokal der Stammform ändert sich, wenn er betont ist.

	dormir
	schlafen
(yo)	*dormí*
(tú)	*dormiste*
(él, ella, usted)	*durmió*
(nosotros/-as)	*dormimos*
(vosotros/-as)	*dormisteis*
(ellos, ellas, ustedes)	*durmieron*

– Bei einigen Verben wird in der 3. Person Singular und Plural des *indefinido* das unbetonte *-i-* zwischen zwei Vokalen zu *-y-*.

	creer	*construir*
	glauben	**bauen**
(yo)	*creí*	*construí*
(tú)	*creíste*	*construiste*
(él, ella, usted)	*creyó*	*construyó*
(nosotros/-as)	*creímos*	*construimos*
(vosotros/-as)	*creísteis*	*construisteis*
(ellos, ellas, ustedes)	*creyeron*	*construyeron*

Zu dieser Gruppe gehören z. B.:
caer fallen, *leer* lesen, *poseer* besitzen, *oír* hören
Auch Verben auf *-uir* (→ 1.1.1)

Orthografische Besonderheiten:
Entsprechend den orthografischen Regeln verändert sich vor der Endung *-é* die Schreibweise:

Verben auf *-car*:	*-c-* > *-qu-*	*sacar*	**herausnehmen,**	1. Ps. Sg.	*saqué*
Verben auf *-gar*:	*-g-* > *-gu-*	*pagar*	**bezahlen,**	1. Ps. Sg.	*pagué*
Verben auf *-zar*:	*-z-* > *-c-*	*comenzar*	**beginnen,**	1. Ps. Sg.	*comencé*
Verben auf *-guar*:	*-u-* > *-ü-*	*averiguar*	**untersuchen,**	1. Ps. Sg.	*averigüé*

Unregelmäßige Verben:
– Die Verben *ser* sein und *ir* gehen, fahren sind im *indefinido* identisch.
– Zu den unregelmäßigen Verben (→ Kapitel „Unregelmäßige Verben“)

1.1.4 Futur I

Regelmäßige Verben:

Man bildet das Futur I mit dem Infinitiv, an den man die Endungen anhängt. Die Endungen sind in den drei Konjugationen gleich.

	-ar	*-er*	*-ir*
	hablar	***temer***	***abrir***
	sprechen	**fürchten**	**öffnen**
(yo)	***hablaré***	***temeré***	***abriré***
(tú)	***hablarás***	***temerás***	***abrirás***
(él, ella, usted)	***hablará***	***temerá***	***abrirá***
(nosotros/-as)	***hablaremos***	***temeremos***	***abriremos***
(vosotros/-as)	***hablaréis***	***temeréis***	***abriréis***
(ellos, ellas, ustedes)	***hablarán***	***temerán***	***abrirán***

MERKE:

Das Futur I wird häufig in der gesprochenen Sprache durch *ir* (im Präsens) + *a* + Infinitiv ersetzt: *voy a hablar* statt *hablaré*

Unregelmäßige Verben:

– Zu den unregelmäßigen Verben (→ Kapitel „Unregelmäßige Verben")

1.2 Zusammengesetzte Tempora

Diese werden mit dem Hilfsverb *haber* und dem Partizip Perfekt gebildet. Zur Bildung von Partizipien (→ Kapitel Verb IV, 9.2.)

Im Gegensatz zum Deutschen werden im Spanischen Hilfsverb und Partizip Perfekt nie voneinander getrennt.

1.2.1 Indikativ Perfekt

Das Perfekt wird mit dem Hilfsverb *haber* im Präsens und dem Partizip Perfekt gebildet.

		-ar	*-er*	*-ir*
		hablar	***temer***	***partir***
		sprechen	**fürchten**	**teilen, abreisen**
(yo)	***he***	***hablado***	***temido***	***partido***

(tú)	*has*	*hablado*	*temido*	*partido*
(él, ella, usted)	*ha*	*hablado*	*temido*	*partido*
(nosotros/-as)	*hemos*	*hablado*	*temido*	*partido*
(vosotros/-as)	*habéis*	*hablado*	*temido*	*partido*
(ellos, ellas, ustedes)	*han*	*hablado*	*temido*	*partido*

1.2.2 Indikativ Plusquamperfekt

Das Plusquamperfekt wird mit dem Hilfsverb *haber* im Imperfekt und dem Partizip Perfekt gebildet.

		-ar	*-er*	*-ir*
		hablar	*temer*	*partir*
		sprechen	**fürchten**	**teilen, abreisen**
(yo)	*había*	*hablado*	*temido*	*partido*
(tú)	*habías*	*hablado*	*temido*	*partido*
(él, ella, usted)	*había*	*hablado*	*temido*	*partido*
(nosotros/-as)	*habíamos*	*hablado*	*temido*	*partido*
(vosotros/-as)	*habíais*	*hablado*	*temido*	*partido*
(ellos, ellas, ustedes)	*habían*	*hablado*	*temido*	*partido*

1.2.3 *pretérito anterior*

Das *pretérito anterior* wird mit dem Hilfsverb *haber* im *indefinido* und dem Partizip Perfekt gebildet.

		-ar	*-er*	*-ir*
		hablar	*temer*	*partir*
		sprechen	**fürchten**	**teilen, abreisen**
(yo)	*hube*	*hablado*	*temido*	*partido*
(tú)	*hubiste*	*hablado*	*temido*	*partido*
(él, ella, usted)	*hubo*	*hablado*	*temido*	*partido*
(nosotros/-as)	*hubimos*	*hablado*	*temido*	*partido*
(vosotros/-as)	*hubisteis*	*hablado*	*temido*	*partido*
(ellos, ellas, ustedes)	*hubieron*	*hablado*	*temido*	*partido*

Im heutigen Sprachgebrauch kommt das *pretérito anterior* sehr selten vor.

1.2.4 Futur II

Das Futur II wird mit dem Hilfsverb *haber* im Futur I und dem Partizip Perfekt gebildet.

		-ar	*-er*	*-ir*
		hablar	*temer*	*partir*
		sprechen	**fürchten**	**teilen, abreisen**
(yo)	*habré*	*hablado*	*temido*	*partido*
(tú)	*habrás*	*hablado*	*temido*	*partido*
(él, ella, usted)	*habrá*	*hablado*	*temido*	*partido*
(nosotros/-as)	*habremos*	*hablado*	*temido*	*partido*
(vosotros/-as)	*habréis*	*hablado*	*temido*	*partido*
(ellos, ellas, ustedes)	*habrán*	*hablado*	*temido*	*partido*

1.3 Der Gebrauch der Tempora des Indikativs

1.3.1 Das Präsens

Das Präsens wird verwendet:

– zum Ausdruck von momentanen oder bis in die Gegenwart andauernden Handlungen oder Zuständen.

Hace frío.	**Es ist kalt.**
Los niños juegan.	**Die Kinder spielen.**
Estudio medicina.	**Ich studiere Medizin.**
Trabajan en un hospital.	**Sie arbeiten in einem Krankenhaus.**

– zum Ausdruck von Gewohnheiten und zeitlosen Feststellungen.

Desayuno a las ocho.	**Ich frühstücke um acht.**
La luna es un satélite de la tierra.	**Der Mond ist ein Satellit der Erde.**

– zum Ausdruck der Zukunft, wenn eine entsprechende Zeitangabe genannt wird.

Mañana te visito.	**Morgen besuche ich dich.**

– zum Ausdruck von vergangenen Vorgängen mit dem Ziel, eine Erzählung lebhafter darzustellen (historisches Präsens).

En 1936 comienza la guerra civil española.	
1936 beginnt der spanische Bürgerkrieg.	

1.3.2 Imperfekt

Das Imperfekt wird verwendet:

– zur Beschreibung von Handlungen, Vorgängen oder Zuständen von unbestimmter Dauer in der Vergangenheit.

Mi abuelo era muy delgado.	Mein Großvater war sehr schlank.

– zum Ausdruck von Handlungen oder Gewohnheiten, die sich in der Vergangenheit regelmäßig wiederholt haben und zeitlich nicht begrenzt waren.

Nos veíamos todos los días.	Wir sahen uns jeden Tag.

INFOKASTEN

Das Imperfekt wird häufig in Nebensätzen verwendet, die eine erklärende Stellungnahme zu einer Handlung in der Vergangenheit abgeben.

Como estaba enfermo, no podía venir al trabajo.
Weil er krank war, konnte er nicht zur Arbeit kommen.

Folgende Verben eignen sich aufgrund ihrer Bedeutung besonders für den Gebrauch des Imperfekts:

conocer kennen, *parecer* scheinen, *querer* wollen, *saber* wissen, *tener* haben/halten

Ellos se conocían desde hace mucho tiempo.	Sie kannten sich schon seit langer Zeit.
Le parecía que su esposa estaba felíz.	Es schien ihm, dass seine Frau glücklich war.
Quería hacerte un favor, no te quería ofender.	Ich wollte dir einen Gefallen tun, ich wollte dich nicht verletzen.
No sabía si podía llamar a la puerta a estas horas.	Er wusste nicht, ob er zu dieser (späten) Stunde an der Tür klopfen konnte.

En las vacaciones tenía mucho tiempo para su familia.
In den Ferien hatte er viel Zeit für seine Familie.

1.3.3 *Indefinido*

Das *indefinido* wird für abgeschlossene Handlungen oder Ereignisse in der Vergangenheit verwendet.

Es wird benutzt:
– zum Ausdruck von Handlungen, die innerhalb eines abgeschlossenen Zeitraums oder zu einem konkreten Zeitpunkt in der Vergangenheit stattgefunden haben.

El mes pasado visité a mis padres. **Letzten Monat besuchte ich meine Eltern.**

INFOKASTEN

Das *indefinido* wird häufig mit Zeitangaben benutzt: *ayer* **gestern,** *el año pasado* **vergangenes Jahr,** *la semana pasada* **letzte Woche,** *en 2017* **2017**

1.3.4 Das Imperfekt gegenüber dem *indefinido*

– Das Imperfekt wird gebraucht, wenn mehrere Handlungen gleichzeitig ablaufen, die in ihrem Verlauf betrachtet werden. Anfang und Ende interessieren nicht.

Mientras ellos nadaban, nosotras leíamos.
Während sie schwammen, lasen wir.

– Das *indefinido* wird gebraucht, wenn mehrere Handlungen zeitlich aufeinander folgen, die als abgeschlossen betrachtet werden.

Luis tomó la maleta, se despidió y partió.
Luis nahm den Koffer, verabschiedete sich und reiste ab.

– Wenn eine neue Handlung einsetzt, während eine andere im Verlauf ist, so benutzt man für die einsetzende Handlung das *indefinido* und für die laufende das Imperfekt. Mit dem Imperfekt wird der Hintergrund der Handlung beschrieben.

Estábamos en la playa cuando empezó la tormenta.
Wir waren am Strand, als das Gewitter angefangen hat.

1.3.5 Futur I

Das Futur I wird verwendet:
– zum Ausdruck von zukünftigen Handlungen oder Zuständen.

Mañana iré al cine.	**Morgen gehe ich ins Kino.**

– zum Ausdruck von Vermutungen in der Gegenwart.

Estarán cansados.	**Sie werden wohl müde sein.**

1.3.6 Perfekt

Das Perfekt wird für abgeschlossene Handlungen oder Ereignisse verwendet, die eine enge Beziehung zur Gegenwart haben.

Es wird benutzt:
– für Handlungen und Ereignisse, die in einem noch andauernden Zeitraum stattgefunden haben.

Este mes no he visitado a mis padres.
Diesen Monat habe ich meine Eltern nicht besucht.

– für Handlungen und Ereignisse, die kurz vor der Gegenwart stattgefunden haben.

He visto a Carmen hace unos minutos.
Ich habe Carmen vor einigen Minuten gesehen.

– für Handlungen und Ereignisse der Vergangenheit, die Auswirkungen auf die Gegenwart haben.

He aprobado mi examen.	**Ich habe meine Prüfung bestanden.**

Das Perfekt wird häufig mit folgenden Zeitangaben benutzt:
este año dieses Jahr, *esta mañana* heute Morgen, *esta semana* diese Woche, *hoy* heute, *nunca* nie, *todavía no* noch nicht, *ya* schon

1.3.7 Plusquamperfekt

Das Plusquamperfekt wird für Handlungen oder Ereignisse verwendet, die bereits vor anderen Handlungen oder Ereignissen in der Vergangenheit stattgefunden haben.

Cuando llegamos, la película ya había comenzado.
Als wir ankamen, hatte der Film schon angefangen.

1.3.8 *pretérito anterior*

Das *pretérito anterior* wird heutzutage kaum verwendet. An seiner Stelle werden das Plusquamperfekt oder das *indefinido* gebraucht. Es bezeichnet Handlungen, die vor einer anderen Handlung im *indefinido* stattgefunden haben:

Apenas hube salido, comenzó a llover.
Kaum war ich draußen, begann es zu regnen.

1.3.9 Futur II

Das Futur II wird verwendet:
– zum Ausdruck einer Handlung, die abgeschlossen sein wird, wenn eine andere Handlung in der Zukunft eintritt.

Cuando me visites, ya habré recibido los muebles nuevos.
Wenn du mich besuchen wirst, werde ich schon die neuen Möbel bekommen haben.

– zum Ausdruck von Vermutungen in der Vergangenheit.

Habrán estado cansados. **Sie werden wohl müde gewesen sein.**

INFOKASTEN

Das *indefinido* signalisiert, dass der Sprecher die Handlung in der Vergangenheit als abgeschlossen betrachtet. Es wird kein Bezug zur Gegenwart hergestellt.
Aprobé todos los exámenes del año final.
Ich habe alle Prüfungen des letzten Schuljahres bestanden.
Das Perfekt signalisiert, dass die bereits abgeschlossene Handlung in der Vergangenheit Auswirkungen auf die Gegenwart bzw. die nahe Zukunft hat.

2. Der Konjunktiv

2.1 Einfache Tempora

2.1.1 Konjunktiv Präsens

Der Konjunktiv Präsens *(presente de subjuntivo)* wird in der Regel aus dem Stamm der 1. Person Singular des Indikativ Präsens gebildet.

Im Konjunktiv Präsens enden die Verben auf *-ar* auf *-e.* Die Verben auf *-er* und *-ir* erhalten die Endung *-a.*

Regelmäßige Verben:

	-ar	*-er*	*-ir*
	hablar	*temer*	*abrir*
	sprechen	fürchten	öffnen
(yo)	*hable*	*tema*	*abra*
(tú)	*hables*	*temas*	*abras*
(él, ella, usted)	*hable*	*tema*	*abra*
(nosotros/-as)	*hablemos*	*temamos*	*abramos*
(vosotros/-as)	*habléis*	*temáis*	*abráis*
(ellos, ellas, ustedes)	*hablen*	*teman*	*abran*

Gruppenverben:

– Bei einigen Verben auf *-iar* und *-uar* erhalten *-i-* bzw. *-u-* in den stammbetonten Formen einen Akzent: *i* > *í*, *u* > *ú*.

	-iar	*-uar*
	confiar	*acentuar*
	(an)vertrauen	betonen
(yo)	*confíe*	*acentúe*
(tú)	*confíes*	*acentúes*
(él, ella, usted)	*confíe*	*acentúe*
(nosotros/-as)	*confiemos*	*acentuemos*
(vosotros/-as)	*confiéis*	*acentuéis*
(ellos, ellas, ustedes)	*confíen*	*acentúen*

– Gruppe *e* > *ie*

Bei dieser Gruppe ändert sich in den stammbetonten Formen (im Singular und in der dritten Person Plural) der Stammvokal *-e-* zu *-ie-*. Die Endungen sind regelmäßig.

	pensar	*querer*	*mentir*
	denken	mögen, wollen	lügen
(yo)	*piense*	*quiera*	*mienta*
(tú)	*pienses*	*quieras*	*mientas*
(él, ella, usted)	*piense*	*quiera*	*mienta*
(nosotros/-as)	*pensemos*	*queramos*	*mintamos*
(vosotros/-as)	*penséis*	*queráis*	*mintáis*
(ellos, ellas, ustedes)	*piensen*	*quieran*	*mientan*

INFOKASTEN

Innerhalb dieser Gruppe wird bei den Verben auf *-ir* in der 1. und 2. Person Plural der Stammvokal *-e-* zu *-i-*.
mentir* (lügen): *nosotros mintamos, vosotros mintáis

– Gruppe *o > ue*
Bei dieser Gruppe ändert sich in den stammbetonten Formen (im Singular und in der dritten Person Plural) der Stammvokal *-o-* zu *-ue-*.
Die Endungen sind regelmäßig.

	contar	*volver*	*dormir*
	(er)zählen	zurückkommen	schlafen
(yo)	*cuente*	*vuelva*	*duerma*
(tú)	*cuentes*	*vuelvas*	*duermas*
(él, ella, usted)	*cuente*	*vuelva*	*duerma*
(nosotros/-as)	*contemos*	*volvamos*	*durmamos*
(vosotros/-as)	*contéis*	*volváis*	*durmáis*
(ellos, ellas, ustedes)	*cuenten*	*vuelvan*	*duerman*

INFOKASTEN

– Bei den Verben ***dormir* schlafen** und ***morir* sterben** wird in der 1. und 2. Person Plural der Stammvokal *-o-* zu *-u-*.
– Bei ***jugar*** (spielen) wird der Stammvokal *-u-* in den stammbetonten Formen zu *-ue-*: ***juegue, juegues, juegue, juguemos, juguéis, jueguen.***

– Gruppe *e* > *i*

Bei einigen Verben auf *-ir* ändert sich in allen Personen der Stammvokal *-e-* zu *-i-*.

	pedir
	bitten
(yo)	*pida*
(tú)	*pidas*
(él, ella, usted)	*pida*
(nosotros/-as)	*pidamos*
(vosotros/-as)	*pidáis*
(ellos, ellas, ustedes)	*pidan*

– Bei Verben auf *-acer, -ecer, -ocer, -ucir* wird in allen Personen *-c-* zu *-zc-*.

	conocer
	kennen, kennenlernen
(yo)	*conozca*
(tú)	*conozcas*
(él, ella, usted)	*conozca*
(nosotros/-as)	*conozcamos*
(vosotros/-as)	*conozcáis*
(ellos, ellas, ustedes)	*conozcan*

Orthografische Besonderheiten

– Den orthografischen Regeln entsprechend verändert sich bei einigen Verben in allen Personen die Schreibweise:

Verben auf *-guir: -gu- > -g- seguir* folgen, *siga*

Verben auf *-ge -gir: -g- > -j- elegir* auswählen, *elija*

Verben auf *-cer* nach Konsonant: *-c- > -z- convencer* überzeugen, *convenza*

Verben auf *-car: -c- > -qu- sacar* herausnehmen, *saque*

Verben auf *-gar: -g- > -gu- pagar* bezahlen, *pague*

Verben auf *-zar: -z- > -c- comenzar* beginnen, *comience*

Verben auf *-guar: -u- > -ü- averiguar* untersuchen, *averigüe*

Unregelmäßige Verben:

Im Kapitel „Unregelmäßige Verben“ werden die von der regelmäßigen Bildung abweichenden Formen der wichtigsten unregelmäßigen Verben gesondert aufgeführt.

2.1.2 Konjunktiv Imperfekt

Es gibt zwei Formen des Konjunktiv Imperfekt *(imperfecto de subjuntivo),* die gleichermaßen verwendet werden können.
Die Endungen lauten entweder *-ra* oder *-se*.

Regelmäßige Verben:

	-ar
	hablar
	sprechen
(yo)	*hablara/hablase*
(tú)	*hablaras/hablases*
(él, ella, usted)	*hablara/hablase*
(nosotros/-as)	*habláramos/hablásemos*
(vosotros/-as)	*hablarais/hablaseis*
(ellos, ellas, ustedes)	*hablaran/hablasen*

	-er
	temer
	fürchten
(yo)	*temiera/temiese*
(tú)	*temieras/temieses*
(él, ella, usted)	*temiera/temiese*
(nosotros/-as)	*temiéramos/temiésemos*
(vosotros/-as)	*temierais/temieseis*
(ellos, ellas, ustedes)	*temieran/temiesen*

	-ir
	abrir
	öffnen
(yo)	*abriera/abriese*
(tú)	*abrieras/abrieses*
(él, ella, usted)	*abriera/abriese*
(nosotros/-as)	*abriéramos/abriésemos*
(vosotros/-as)	*abrierais/abrieseis*
(ellos, ellas, ustedes)	*abrieran/abriesen*

Gruppenverben:

– Gruppe *e* > *i*
Bei einigen Verben auf *-ir* ändert sich in allen Personen der Stammvokal *-e-* zu *-i-*.

	pedir
	bitten
(yo)	***pidiera/pidiese***
(tú)	***pidieras/pidieses***
(él, ella, usted)	***pidiera/pidiese***
(nosotros/-as)	***pidiéramos/pidiésemos***
(vosotros/-as)	***pidierais/pidieseis***
(ellos, ellas, ustedes)	***pidieran/pidiesen***

– Bei den Verben *dormir* schlafen und *morir* sterben wird in allen Personen der Stammvokal *-o-* zu *-u-*.

	dormir
	schlafen
(yo)	***durmiera/durmiese***
(tú)	***durmieras/durmieses***
(él, ella, usted)	***durmiera/durmiese***
(nosotros/-as)	***durmiéramos/durmiésemos***
(vosotros/-as)	***durmierais/durmieseis***
(ellos, ellas, ustedes)	***durmieran/durmiesen***

– Bei den Verben, deren Stamm auf Vokal endet, ändert sich in allen Personen das unbetonte *-i-* der Endung zu *-y-*.

	creer
	glauben
(yo)	***creyera/creyese***
(tú)	***creyeras/creyeses***
(él, ella, usted)	***creyera/creyese***
(nosotros/-as)	***creyéramos/creyésemos***
(vosotros/-as)	***creyerais/creyeseis***
(ellos, ellas, ustedes)	***creyeran/creyesen***

Unregelmäßige Verben: (→ Kapitel „Unregelmäßige Verben“)

2.2 Zusammengesetzte Tempora

2.2.1 Konjunktiv Perfekt

Der Konjunktiv Perfekt wird mit dem Hilfsverb *haber* im Konjunktiv Präsens und dem Partizip Perfekt gebildet.

		-ar	*-er*	*-ir*
		hablar	*temer*	*partir*
		sprechen	fürchten	teilen, abreisen
(yo)	*haya*	*hablado*	*temido*	*partido*
(tú)	*hayas*	*hablado*	*temido*	*partido*
(él, ella, usted)	*haya*	*hablado*	*temido*	*partido*
(nosotros/-as)	*hayamos*	*hablado*	*temido*	*partido*
(vosotros/-as)	*hayáis*	*hablado*	*temido*	*partido*
(ellos, ellas, ustedes)	*hayan*	*hablado*	*temido*	*partido*

2.2.2 Konjunktiv Plusquamperfekt

Der Konjunktiv Plusquamperfekt *(pluscuamperfecto de subjuntivo)* wird mit dem Hilfsverb *haber* im Konjunktiv Imperfekt und dem Partizip Perfekt gebildet.

(yo)	*hubiera/hubiese*	*hablado*
(tú)	*hubieras/hubieses*	
(él, ella, usted)	*hubiera/hubiese*	*temido*
(nosotros/-as)	*hubiéramos/hubiésemos*	
(vosotros/-as)	*hubierais/hubieseis*	*partido*
(ellos, ellas, ustedes)	*hubieran/hubiesen*	

2.3 Gebrauch des Konjunktivs

a) Der Konjunktiv wird vor allem in Nebensätzen mit *que* (dass) benutzt:

– nach Verben und unpersönlichen Ausdrücken der Willensäußerung im Hauptsatz (Bitte, Wunsch, Befehl, Rat, Verlangen, Vorschlag, Erlaubnis, Verbot usw.):

aconsejar	raten
decir	sagen
desear	wünschen
esperar	hoffen

exigir	fordern
ordenar	befehlen
pedir	bitten
permitir	erlauben
preferir	vorziehen, lieber haben
prohibir	verbieten
querer	wollen, mögen
recomendar	empfehlen
rogar	bitten
es aconsejable	es ist ratsam
es conveniente	es ist angebracht
es mejor	es ist besser

Te aconsejo que leas el libro.	Ich rate dir, das Buch zu lesen.
Es conveniente que descanses.	Es ist angebracht, dass du ausruhst.
Quería que vinieras pronto.	Sie wollte, dass du bald kämst.

– nach Verben und Ausdrücken der Gefühlsäußerung (Freude, Ärger, Furcht, Bedauern, Erstaunen, Hoffnung, Missfallen usw.):

agradecer	danken
alegrarse de	sich freuen über
estar contento	froh sein
esperar	hoffen
lamentar	bedauern
preocupar	sich Sorgen machen
sentir	bedauern
temer	fürchten
es agradable	es ist angenehm
me extraña	es wundert mich
es extraño	es ist seltsam
me fastidia	es ärgert mich
me gusta	es gefällt mir
es una lástima	es ist schade
me molesta	es stört mich
es natural	es ist natürlich
me sorprende	es überrascht mich

Espero que lleguen pronto.	Ich hoffe, dass sie bald ankommen.
Me sorprende que no hayan venido.	Es überrascht mich, dass sie nicht gekommen sind.

– nach Verben und Ausdrücken des Zweifelns, der Möglichkeit, der Notwendigkeit:

dudar	bezweifeln
hace falta	es ist notwendig
es importante	es ist wichtig
es imposible	es ist unmöglich
es necesario	es ist nötig
es probable	es ist wahrscheinlich
es posible	es ist möglich
puede ser	es kann sein

Dudo que vendan la casa.	Ich bezweifle, dass sie das Haus verkaufen.
Es probable que nos encontremos el jueves.	Es ist wahrscheinlich, dass wir uns am Donnerstag treffen.
Es necesario que hablemos.	Es ist nötig, dass wir sprechen.

– nach Verben des Sagens, des Denkens, des Glaubens (nur in verneinter Form):

creer	glauben
decir	sagen
opinar	glauben
pensar	denken

No creo que vuelvan tarde.	Ich glaube nicht, dass sie spät zurückkommen.

b) Der Konjunktiv steht nach bestimmten Konjunktionen:

a no ser que	es sei denn, dass
antes (de) que	bevor
con tal de que	vorausgesetzt, dass
en (el) caso (de) que	falls
para que	damit
sin que	ohne dass

El año pasó sin que lo notáramos.
Das Jahr ging vorbei, ohne dass wir es merkten.

– Nach folgenden Konjunktionen kann Konjunktiv oder Indikativ stehen. Der Konjunktiv wird benutzt, wenn der Nebensatz sich auf etwas Zukünftiges bezieht oder eine Möglichkeit ausdrückt. Der Indikativ wird verwendet, wenn es sich um Tatsachen handelt.

cuando:

Cuando tenga dinero, me compro ropa.
Wenn/Sobald ich Geld habe, kaufe ich mir Kleidung.
Cuando tengo dinero, me compro ropa.
Wenn/Immer wenn ich Geld habe, kaufe ich mir Kleidung.

hasta que:

Me quedo en casa hasta que pase la tormenta.	Ich bleibe zu Hause, bis der Sturm vorbei ist.
Me quedé en casa hasta que pasó la tormenta.	Ich blieb zu Hause, bis der Sturm vorbei war.

mientras:

Mientras lea el libro, no me aburriré.	Solange ich das Buch lese, werde ich mich nicht langweilen.
Mientras leo el libro, no me aburro.	Während ich das Buch lese, langweile ich mich nicht.

aunque:

Aunque haga frío, salimos.	Auch/Selbst wenn es kalt ist, gehen wir aus.
Aunque hace frío, salimos.	Obwohl es kalt ist, gehen wir aus.

c) Der Konjunktiv steht in Relativsätzen:
– wenn darin ein Wunsch, eine Erwartung oder Bedingung ausgedrückt wird. Wenn der Relativsatz sich auf etwas Bekanntes bezieht, wird der Indikativ verwendet.

Busco un lugar donde haya mucho sol.	**Ich suche einen Platz, wo es viel Sonne gibt.**

d) Der Konjunktiv steht in Bedingungssätzen (→ 5.)

e) Der Konjunktiv steht im Hauptsatz:
– zum Ausdruck eines Wunsches

¡Que se mejore!	**Gute Besserung!**
¡Que te diviertas!	**Viel Vergnügen!**
¡Ojalá sobrevivan!	**Hoffentlich überleben sie!**

– nach *quizá(s)*.

Quizá nos visiten.	**Vielleicht besuchen sie uns.**

Hier kann auch der Indikativ stehen, wenn die Vermutung sehr wahrscheinlich ist.

3. Das Konditional

3.1 Formen

3.1.1 Das Konditional I

Regelmäßige Verben:
Man bildet das Konditional I mit dem Infinitiv, an den man die folgenden Endungen anhängt. Die Endungen sind für die drei Konjugationen gleich.

	-ar	*-er*	*-ir*
	hablar	*temer*	*abrir*
	sprechen	**fürchten**	**öffnen**
(yo)	*hablaría*	*temería*	*abriría*
(tú)	*hablarías*	*temerías*	*abrirías*
(él, ella, usted)	*hablaría*	*temería*	*abriría*
(nosotros/-as)	*hablaríamos*	*temeríamos*	*abriríamos*
(vosotros/-as)	*hablaríais*	*temeríais*	*abriríais*
(ellos, ellas, ustedes)	*hablarían*	*temerían*	*abrirían*

Unregelmäßige Verben: (→ Kapitel „Unregelmäßige Verben“)

3.1.2 Das Konditional II

Das Konditional II wird mit dem Hilfsverb *haber* im Konditional I und dem Partizip Perfekt gebildet.

		-ar	*-er*	*-ir*
		hablar	*temer*	*partir*
		sprechen	fürchten	teilen, abreisen
(yo)	*habría*	*hablado*	*temido*	*partido*
(tú)	*habrías*	*hablado*	*temido*	*partido*
(él, ella, usted)	*habría*	*hablado*	*temido*	*partido*
(nosotros/-as)	*habríamos*	*hablado*	*temido*	*partido*
(vosotros/-as)	*habríais*	*hablado*	*temido*	*partido*
(ellos, ellas, ustedes)	*habrían*	*hablado*	*temido*	*partido*

3.2 Gebrauch des Konditionals

Das Konditional wird gebraucht:

– zum Ausdruck einer höflichen Bitte oder eines Wunsches.

¿Podría decirme qué hora es?	Könnten Sie mir sagen, wie spät es ist?
Me gustaría ir al cine.	Ich würde gerne ins Kino gehen.

– zum Ausdruck einer Vermutung in der Vergangenheit.

No te llamó porque estaría ocupado.	Er rief dich nicht an, weil er wahrscheinlich beschäftigt war.
Serían las cuatro de la tarde.	Es wird vier Uhr gewesen sein.

– zur Erteilung von Ratschlägen, zur vorsichtigen Äußerung einer Meinung.

Yo en tu lugar iría.	An deiner Stelle würde ich gehen.
Yo diría que es el momento apropiado.	Ich würde sagen, dass es der geeignete Moment ist.

– im Hauptsatz eines irrealen Bedingungssatzes (→ 5.b).

– in der indirekten Rede (→ Kapitel „Der Satzbau“ 4. (Die indirekte Rede)).

4. Der Imperativ

4.1 Formen

Nur die 2. Person Singular und Plural haben eine eigene Form. Der Imperativ der 2. Person Singular ist identisch mit der 3. Person Singular des Indikativ Präsens. Beim Imperativ der 2. Person Plural wird die Endung *-r* des Infinitivs durch ein *-d* ersetzt. Die übrigen Personen und alle Formen des verneinten Imperativs bilden sich mit dem Konjunktiv Präsens.

Regelmäßige Verben:

		-ar	
		hablar	**sprechen**
	Bejahung		Verneinung
(tú)	***habla***		***no hables***
(él, ella, usted)	***hable (usted)***		***no hable***
(nosotros/-as)	***hablemos***		***no hablemos***
(vosotros/-as)	***hablad***		***no habléis***
(ellos, ellas, ustedes)	***hablen (ustedes)***		***no hablen***

		-er	
		temer	**fürchten**
	Bejahung		Verneinung
(tú)	***teme***		***no temas***
(él, ella, usted)	***tema (usted)***		***no tema***
(nosotros/-as)	***temamos***		***no temamos***
(vosotros/-as)	***temed***		***no temáis***
(ellos, ellas, ustedes)	***teman (ustedes)***		***no teman***

		-ir	
		abrir	**öffnen**
	Bejahung		Verneinung
(tú)	***abre***		***no abras***
(él, ella, usted)	***abra (usted)***		***no abra***
(nosotros/-as)	***abramos***		***no abramos***
(vosotros/-as)	***abrid***		***no abráis***
(ellos, ellas, ustedes)	***abran (ustedes)***		***no abran***

Unregelmäßige Verben: (→ „Unregelmäßige Verben")

INFOKASTEN

Beim bejahten Imperativ werden die Pronomen angehängt. Zur Erhaltung der Betonung wird ein Akzent gesetzt:

¡Llámame!	**Ruf mich an!**
¡Compra la revista! ¡Cómprala!	**Kauf die Zeitschrift! Kauf sie!**

Beim verneinten Imperativ stehen die Pronomen direkt vor dem Verb:

¡No me llames!	**Ruf mich nicht an!**
¡No compres la revista!	**Kauf nicht die Zeitschrift!**
¡No la compres!	**Kauf sie nicht!**

In der 1. Person Plural des bejahten Imperativs entfällt beim Anhängen des Reflexivpronomens *nos* das *-s* der Endung.

¡Levantémonos!	**Stehen wir auf! Lass uns aufstehen!**

In der 2. Person Plural des bejahten Imperativs entfällt bei reflexiven Verben das *-d*.

¡Levantaos!	**Steht auf!**

4.2 Gebrauch des Imperativs

Der Imperativ wird gebraucht:

– bei Befehlen.

¡Apúrate!	Beeil dich!

– bei Ratschlägen.

No comas tantos dulces.	Iss nicht so viele Süßigkeiten.

– bei Anweisungen.

Tome el autobús número siete.	Nehmen Sie den Bus Nummer 7.

– bei Einladungen.

Venga a visitarnos el próximo fin de semana.
Besuchen Sie uns nächstes Wochenende.

5. Die Tempora und Modi im Bedingungssatz

Bedingungssätze bilden sich aus einem Hauptsatz und aus einem Nebensatz, der mit *si* (wenn) eingeführt wird. Man unterscheidet zwischen realen und irrealen Bedingungssätzen:

a) Realer Bedingungssatz:

Ist die Bedingung für erfüllbar gehalten, so steht der *si*-Satz im Indikativ Präsens. Im Hauptsatz kann Indikativ Präsens, Futur oder Imperativ stehen.

Si voy a España, te visito.	**Wenn ich nach Spanien gehe, besuche ich dich.**
Si voy a España, te visitaré.	**Wenn ich nach Spanien gehe, werde ich dich besuchen.**
Si vienes a Alemania, visítame.	**Besuch mich, wenn du nach Deutschland kommst.**

b) Irrealer Bedingungssatz:

– Irrealer Bedingungssatz der Gegenwart

Die Bedingung ist in der Gegenwart nicht erfüllt. Das Ereignis im Hauptsatz ist unwahrscheinlich. Im *si*- Satz steht der Konjunktiv Imperfekt, im Hauptsatz das Konditional I. In gewissem Sinne ist es die Äußerung eines Wunsches.

Si fuera/fuese a España, te visitaría.	**Wenn ich nach Spanien gehen würde, würde ich dich besuchen.**
Si pudiera, viajaría por todo el mundo.	**Wenn ich könnte, würde ich durch die ganze Welt reisen.**

– Irrealer Bedingungssatz der Vergangenheit:

Die Bedingung wurde in der Vergangenheit nicht erfüllt. Das Ereignis im Hauptsatz konnte sich nicht verwirklichen. Im *si*- Satz steht der Konjunktiv Plusquamperfekt, im Hauptsatz das Konditional II oder Konjunktiv Plusquamperfekt.

Si hubiera/hubiese ido a España, te habría visitado.
Si hubiera/hubiese ido a España, te hubiera visitado.
Wenn ich nach Spanien gegangen wäre, hätte ich dich besucht.

6. Das Passiv

Im Gegensatz zum Deutschen wird im Spanischen das Passiv nur selten verwendet. Vor allem im gesprochenen Spanisch wird die aktive Form des Verbs bevorzugt.

– Das Vorgangspassiv

Das Passiv wird mit *ser* + Partizip Perfekt gebildet. Das Partizip stimmt in Geschlecht und Zahl mit dem zugehörigen Substantiv überein. In der spanischen Umgangssprache wird das Passiv selten gebraucht.

	Indikativ Präsens	
	ser amado	
	geliebt werden	
(yo)	*soy amado/a*	**ich werde geliebt**
(tú)	*eres amado/a*	
(él, ella, usted)	*es amado/a*	
(nosotros/-as)	*somos amados/as*	
(vosotros/-as)	*sois amados/as*	
(ellos/-as, ustedes)	*son amados/as*	

Nur Verben mit einem direkten Objekt können das Passiv bilden. Das direkte Objekt des Aktivsatzes wird zum Subjekt des Passivsatzes. Das Subjekt des Aktivsatzes erscheint im Passivsatz nach der Präposition *por* (von, durch).

Rita prepara la comida.	**Rita bereitet das Essen zu.**
La comida es preparada por Rita.	**Das Essen wird von Rita zubereitet.**

– Das Zustandspassiv

Das Zustandspassiv wird mit *estar* + Partizip Perfekt gebildet. Das Partizip stimmt in Geschlecht und Zahl mit dem Zugehörigen Substantiv überein.

La comida está preparada.	**Das Essen ist vorbereitet.**
La comida estaba preparada.	**Das Essen war vorbereitet.**

– Das reflexive Passiv

Das reflexive Passiv wird mit einer reflexiven Verbform in der 3. Person Singular oder Plural gebildet.

Se venden manzanas.	**Es werden Äpfel verkauft.**

7. Die Verben *ser, estar* und *hay*

7.1 Formen

Im Spanischen gibt es zwei Verben, die dem deutschen Verb „sein“ entsprechen: *ser* und *estar*.

7.1.1 *ser*

– Der Indikativ

	Präsens	Imperfekt
(yo)	***soy***	***era***
(tú)	***eres***	***eras***
(él, ella, usted)	***es***	***era***
(nosotros/-as)	***somos***	***éramos***
(vosotros/-as)	***sois***	***erais***
(ellos/-as, ustedes)	***son***	***eran***
	indefinido	Futur I
(yo)	***fui***	***seré***
(tú)	***fuiste***	***serás***
(él, ella, usted)	***fue***	***será***
(nosotros/-as)	***fuimos***	***seremos***
(vosotros/-as)	***fuisteis***	***seréis***
(ellos/-as, ustedes)	***fueron***	***serán***

Perfekt: *(yo)* ***he sido*** usw.
pretérito anterior: (yo) ***hube sido*** usw.
Plusquamperfekt: *(yo)* ***había sido*** usw.
Futur II: *(yo)* ***habré sido*** usw.

– Der Konjunktiv

	Präsens	Imperfekt
(yo)	***sea***	***fuera/fuese***
(tú)	***seas***	***fueras/fueses***
(él, ella, usted)	***sea***	***fuera/fuese***

(nosotros/-as)	***seamos***	***fuéramos/fuésemos***
(vosotros/-as)	***seáis***	***fuerais/fueseis***
(ellos/-as, ustedes)	***sean***	***fueran/fuesen***

Perfekt: *(yo)* ***haya sido*** usw.
Plusquamperfekt: *(yo)* ***hubiera/hubiese sido*** usw.

– Das Konditional

	Konditional I
(yo)	***sería***
(tú)	***serías***
(él, ella, usted)	***sería***
(nosotros/-as)	***seríamos***
(vosotros/-as)	***seríais***
(ellos/-as, ustedes)	***serían***

Konditional II: *(yo)* ***habría sido*** usw.

– Der Imperativ

	Bejahung	Verneinung
(tú)	***sé***	***no seas***
(él, ella, usted)	***sea***	***no sea***
(nosotros/-as)	***seamos***	***no seamos***
(vosotros/-as)	***sed***	***no seáis***
(ellos/-as, ustedes)	***sean***	***no sean***

Partizip Perfekt: ***sido***, Gerundium: ***siendo***

7.1.2 *estar*

– Der Indikativ

	Präsens	Imperfekt
(yo)	***estoy***	***estaba***
(tú)	***estás***	***estabas***
(él, ella, usted)	***está***	***estaba***
(nosotros/-as)	***estamos***	***estábamos***
(vosotros/-as)	***estáis***	***estabais***
(ellos/-as, ustedes)	***están***	***estaban***

	indefinido	Futur I
(yo)	***estuve***	***estaré***
(tú)	***estuviste***	***estarás***
(él, ella, usted)	***estuvo***	***estará***
(nosotros/-as)	***estuvimos***	***estaremos***
(vosotros/-as)	***estuvisteis***	***estaréis***
(ellos/-as, ustedes)	***estuvieron***	***estarán***

Perfekt: *(yo)* ***he estado*** usw.
Plusquamperfekt: *(yo)* ***había estado*** usw.
pretérito anterior: *(yo)* ***hube estado*** usw.
Futur II: *(yo)* ***habré estado*** usw.

– Der Konjunktiv

	Präsens	Imperfekt
(yo)	***esté***	***estuviera/estuviese***
(tú)	***estés***	***estuvieras/estuvieses***
(él, ella, usted)	***esté***	***estuviera/estuviese***
(nosotros/-as)	***estemos***	***estuviéramos/estuviésemos***
(vosotros/-as)	***estéis***	***estuvierais/estuvieseis***
(ellos/-as, ustedes)	***estén***	***estuvieran/estuviesen***

Perfekt: *(yo)* ***haya estado*** usw.
Plusquamperfekt: *(yo)* ***hubiera/hubiese estado*** usw.

– Das Konditional

	Konditional I
(yo)	***estaría***
(tú)	***estarías***
(él, ella, usted)	***estaría***
(nosotros/-as)	***estaríamos***
(vosotros/-as)	***estaríais***
(ellos/-as, ustedes)	***estarían***

Konditional II: *(yo)* ***habría estado*** usw.

– Der Imperativ

	Bejahung	Verneinung
(tú)	*está*	*no estés*
(él, ella, usted)	*esté*	*no esté*
(nosotros/-as)	*estemos*	*no estemos*
(vosotros/-as)	*estad*	*no estéis*
(ellos/-as, ustedes)	*estén*	*no estén*

Partizip Perfekt: ***estado***
Gerundium: ***estando***

7.1.3 *hay*

Hay (es ist, es sind, es gibt) ist eine unpersönliche Verbform des Hilfsverbs *haber.*

7.2 Gebrauch

Der Gebrauch von *ser*

Ser wird verwendet:

– bei Substantiven, die den Beruf angeben.

Ana es médica.	**Ana ist Ärztin.**
Inez es secretaria de dirección.	**Ines ist Chefsekretärin.**

– bei Adjektiven, die dauerhafte, wesentliche, typische Eigenschaften und Merkmale einer Person oder Sache ausdrücken.

Pablo es bajo.	**Pablo ist klein.**
Juan es inteligente.	**Juan ist intelligent.**
La casa es grande.	**Das Haus ist groß.**

– mit der Präposition *de* zur Bezeichnung von Herkunft, Besitz und Material.

Wolfgang es de Colonia.	**Wolfgang ist aus Köln.**
El sombrero es de Teresa.	**Der Hut gehört Teresa.**
El anillo es de oro.	**Der Ring ist aus Gold.**

– bei Zeitangaben.

Hoy es sábado.	**Heute ist Samstag.**
Hoy es el 8 de mayo.	**Heute ist der 8. Mai.**
Son las ocho.	**Es ist acht Uhr.**

– bei Preisangaben.

Son nueve euros.	**Das sind neun Euro.**

– zur Bildung des Passivs (→ 6.1).

Der Gebrauch von *estar*
Estar wird verwendet:
– zur Bezeichnung des örtlichen Befindens.

La farmacia está en la esquina.	**Die Apotheke ist an der Ecke.**
Ricardo está en la cocina.	**Ricardo ist in der Küche.**

– bei Adjektiven, die einen vorübergehenden, veränderlichen Zustand bezeichnen.

Los niños están cansados.	**Die Kinder sind müde.**
Los platos están sucios.	**Die Teller sind schmutzig.**

– als Hilfsverb beim Gerundium und beim Zustandspassiv.
– zur Bezeichnung des persönlichen Befindens.

¿Cómo estás?	**Wie geht es dir?**
Rosa está enferma.	**Rosa ist krank.**
Estoy bien.	**Mir geht es gut.**

Der Gebrauch von *hay*
Hay wird zur Einführung von bisher noch nicht erwähnten Sachen oder Personen verwendet.

Hay wird benutzt:
– vor Substantiven ohne Artikel oder mit unbestimmtem Artikel.

En el Caribe hay playas bonitas.	In der Karibik gibt es schöne Strände.
Hay un parque aquí cerca.	Es gibt einen Park hier in der Nähe.

– vor Zahlen.

Sobre la mesa hay dos botellas de vino.	Auf dem Tisch stehen zwei Flaschen Wein.

– vor Adjektiven, die eine unbestimmte Menge angeben.

En el centro hay mucho tráfico.	Im Zentrum gibt es viel Verkehr.
Hoy hay varias noticias interesantes.	Heute gibt es einige interessante Nachrichten.
¿Hay alguien que sepa francés?	Gibt es jemanden, der Französisch kann?

INFOKASTEN

Der Unterschied zwischen *ser* und *estar*

Merke:

– Bei Adjektiven, die dauerhafte, typische Eigenschaften bezeichnen, verwendet man ***ser***.

– Bei Adjektiven, die einen vorübergehenden, veränderlichen Zustand bezeichnen oder Gefühle und Empfindungen ausrücken, verwendet man ***estar***.

Ella es rubia.	Sie ist blond.
Hoy estoy fatal.	Heute fühle ich mich schlecht.

INFOKASTEN

Der Unterschied zwischen *estar* und *hay*

Merke:

– Bei Substantiven mit bestimmten Artikel und bei Eigennamen verwendet man ***estar***.

– Bei Substantiven ohne Artikel oder mit unbestimmtem Artikel verwendet man ***hay***.

¿Dónde está la iglesia de Santa Maria, por favor?	Wo befindet sich die Kirche Santa Maria?
En la cuidad hay un museo.	In der Stadt gibt es ein Museum.

8. Das reflexive Verb

8.1 Form

Als reflexiv bezeichnet man im Spanischen Verben, die von einem Reflexivpronomen begleitet sind.

	Indikativ Präsens
	ducharse
	sich duschen
(yo)	*me ducho*
(tú)	*te duchas*
(él, ella, usted)	*se ducha*
(nosotros/-as)	*nos duchamos*
(vosotros/-as)	*os ducháis*
(ellos/-as, ustedes)	*se duchan*

8.2 Stellung des Reflexivpronomens

Das Reflexivpronomen:

– steht vor dem konjugierten Verb (bei zusammengesetzten Tempora vor dem Hilfsverb).

Me lavo.	**Ich wasche mich.**
Me he lavado.	**Ich habe mich gewaschen.**

– muss beim bejahten Imperativ angehängt werden.

¡Lávate!	**Wasch dich!**

– wird beim Infinitiv angehängt.

lavarse	**sich waschen**

– kann an das Gerundium angehängt werden oder auch vor dem konjugierten Verb stehen.

Estoy lavándome.	**Ich wasche mich gerade.**
Me estoy lavando.	**Ich wasche mich gerade.**

9. Infinitiv, Partizipien und Gerundium

9.1 Der Infinitiv

Der Infinitiv ist die Grundform des Verbs. Im Spanischen kann er sowohl verbal als auch substantivisch gebraucht werden. Er kann auch anstelle eines Imperativs verwendet werden.

– Der Infinitiv in verbalen Umschreibungen

acabar de + Infinitiv bezeichnet eine Handlung in naher Vergangenheit.

Acabo de llegar.	**Ich bin gerade angekommen.**

hay que + Infinitiv bezeichnet eine Verpflichtung oder Notwendigkeit in unpersönlicher Form.

Hay que lavar los platos.	**Man muss die Teller spülen.**

ir a + Infinitiv bezeichnet eine Handlung in naher Zukunft oder ein Vorhaben.

Voy a comprar pan.	**Ich gehe (jetzt) Brot einkaufen.**
En febrero voy a ir a España.	**Im Februar werde ich nach Spanien fahren.**

tener que + Infinitiv bezeichnet eine Verpflichtung oder Notwendigkeit.

Tengo que trabajar.	**Ich muss arbeiten.**

volver a + Infinitiv bezeichnet die Wiederholung einer Handlung.

Vuelvo a hacer la pregunta.	**Ich stelle noch einmal die Frage.**

– Der Infinitiv als Verkürzung von Nebensätzen

al (als, während, wenn) + Infinitiv ersetzt einen Temporalsatz.

Al ir al centro me encontré con Laura.	**Als ich ins Zentrum gefahren bin, habe ich Laura getroffen.**

antes de (bevor) + Infinitiv ersetzt einen Temporalsatz.

Antes de comer lávate las manos.	**Bevor du isst, wasch dir die Hände.**

después de (nachdem) + Infinitiv ersetzt einen Temporalsatz.

Después de comer voy a dar una vuelta.	**Nachdem ich gegessen habe, werde ich einen Spaziergang machen.**

para (um zu) + Infinitiv ersetzt einen Finalsatz.

Ella lo dice para ayudarte.	**Sie sagt es, um dir zu helfen.**

9.2 Die Partizipien

Bildung

Das Partizip Perfekt wird mit dem Stamm des Infinitivs und den entsprechenden Endungen gebildet.

– Verben auf *-ar* bilden das Partizip Perfekt auf *-ado.*

– Verben auf *-er* und auf *-ir* bilden das Partizip Perfekt auf *-ido.*

hablar	**sprechen**	*hablado*	**gesprochen**
temer	**fürchten**	*temido*	**gefürchtet**
partir	**teilen, abreisen**	*partido*	**geteilt, abgereist**

– Einige Verben haben ein unregelmäßiges Partizip.

abrir	**öffnen**	*abierto*
cubrir	**decken**	*cubierto*
decir	**sagen**	*dicho*
escribir	**schreiben**	*escrito*
hacer	**machen**	*hecho*
morir	**sterben**	*muerto*
poner	**stellen, legen**	*puesto*
romper	**brechen**	*roto*
ver	**sehen**	*visto*
volver	**zurückkehren**	*vuelto*

Gebrauch

Das Partizip Perfekt wird verwendet:

– zur Bildung der zusammengesetzten Tempora. In Verbindung mit dem Hilfsverb *haber* ist das Partizip unveränderlich.

Hace unos minutos ha llegado tu hermano.	**Vor einigen Minuten ist dein Bruder angekommen.**
Esta semana he trabajado mucho.	**Diese Woche habe ich viel gearbeitet.**

– zur Bildung des Passivs. In diesem Fall ist das Partizip veränderlich.

Los soldados son despedidos por la muchedumbre.	**Die Soldaten werden von der Menge verabschiedet.**

– als Adjektiv. In diesem Fall ist das Partizip veränderlich.

Se casaron la semana pasada.	**Sie haben vorige Woche geheiratet.**

– zur Verkürzung von Temporalsätzen.

Terminada la fiesta, volvimos a casa.
Nachdem das Fest beendet war, gingen wir zurück nach Hause.

– zur Verkürzung von Relativsätzen.

Se trata de un robo planeado con mucha anticipación.
Es handelt sich um einen Diebstahl, der lange vorher geplant war.

9.3 Das Gerundium

Bildung

Das Gerundium wird durch den Stamm des Infinitivs und die entsprechenden Endungen gebildet. Es ist unveränderlich.

– Verben auf *-ar* bilden das Gerundium auf *-ando.*
– Verben auf *-er* und auf *-ir* bilden das Gerundium auf *-iendo.*

hablar	sprechen	*hablando*
temer	fürchten	*temiendo*

– Allen Verben auf *-ir*, deren Stamm sich im Präsens verändert (Gruppe *e* > *i*, Gruppe *e* > *ie*), verwandeln im Gerundium den Stammvokal *-e-* zu *-i-* .

mentir	lügen	*mintiendo*

– Bei den Verben *dormir* schlafen, *morir* sterben und *poder* können wird der Stammvokal *-o-* zu *-u-*.

dormir	schlafen	*durmiendo*
morir	sterben	*muriendo*
poder	können	*pudiendo*

Orthografische Besonderheiten:
Ein unbetontes *i* am Wortanfang oder zwischen zwei Vokalen wird zu *y*.

ir	gehen	*yendo*

Gebrauch
– Das Gerundium in verbalen Umschreibungen
estar + Gerundium bezeichnet eine Handlung, die gerade stattfindet.

Estoy escribiendo.	Ich schreibe gerade.
Están jugando al ajedrez.	Sie spielen gerade Schach.
El tren está llegando.	Der Zug kommt gerade an.

ir + Gerundium bezeichnet eine allmählich fortschreitende Handlung.

Va oscureciendo.	Es wird allmählich dunkel.

seguir/continuar + Gerundium bezeichnet die Fortdauer einer Handlung.

Siguen discutiendo.	Sie diskutieren immer noch.
Continuaron negociando.	Sie verhandelten weiter.

ÜBUNGEN: DAS VERB

1. Konjugieren Sie die Verben im Präsens.

hablo ______________________________
abres ______________________________
teme ______________________________
volvemos ___________________________
queréis ____________________________
piden ______________________________
construyes __________________________
conoce _____________________________
elegimos ___________________________
seguís _____________________________
convencen __________________________

2. Ergänzen Sie die richtige Form des Verbes in Klammern im Präsens.

a. Yo no ____________ (querer) volver a casa tan pronto.
b. Ella nunca ____________ (beber) los fines de semana.
c. Un huracán ____________ (destruir) todos los lugares por donde ______ (pasar).
d. El hombre ____________ (descender) del mono.
e. Nosotros ____________ (comer) todos los días a las dos y media.
f. Vosotros ____________ (conocer) a todos sus amigos, ¿no?
g. Los niños ____________ (creer) todo lo que les ____________ (decir) los adultos.
h. Los bebés ______________ (llorar) cuando tienen hambre.
i. Tú no ____________ (deber) decir esas cosas.
j. Marina ____________ (tomar) café todas las tardes.
k. Yo ____________ (pensar) que es una gran persona.
l. Tú siempre ____________ (escoger) las mejores frutas.
m. Los altavoces no ______________ (funcionar) correctamente.

3. Beantworten Sie die Fragen mithilfe der Wörter in Klammern.

a. ¿Qué lee Juan? (El Quijote)
b. ¿Qué sueles hacer los domingos por la tarde? (ver la televisión)
c. ¿Qué queréis cenar? (pollo.
d. ¿Cuándo llegan tus primos? (esta noche)
e. ¿Qué produce tu amigo? (series de televisión)
f. ¿Cada cuanto tiempo vaciamos los ceniceros? (cada día)
g. ¿Cuándo necesitáis la batidora? (para la fiesta)
¿Conocéis a mi amigo Luis? (sí)
h. ¿Cómo reparas los televisores? (con las herramientas adecuadas)
i. ¿A quién persigues? (a un famoso jugador de fútbol)
j. ¿Cómo se llama esa mujer? (Carmen)

4. Ergänzen Sie die folgende Tabelle mit den Verben, die unten stehen.

Imperf.	*indefinido*	Perf.	Plusquperf.
--------	--------	--------	---------
--------	--------	--------	---------
--------	--------	--------	---------
--------	--------	--------	---------
--------	--------	--------	---------
--------	--------	--------	---------

compraba, hablabas, comía, llevábamos, partíais, encendían, compré, hablaste, comío, llevamos, partisteis, encendieron, he comprado, has hablado, ha comido, hemos llevada, habéis partido, han encendido, había comprado, habías hablado, había comido, habíamos llevado, habíais partido, habian encendido

5. Setzen Sie das Imperfekt oder das *indefinido* ein.

a. Mientras ellos _____________ (comer), nosotros _____________ (ver) la televisión.
b. Cuando María _____________ (llegar), Pedro _____________ (recoger) la mesa.
c. Mi abuelo _____________ (trabajar) todos los días en el campo.
d. La lluvia _________________ (caer), mientras los niños ________________ (mirar) por la ventana.
e. Yo _____________ (nacer) el 28 de agosto de 1979.
f. Nos _____________ (decir) lo mismo todos los días.
g. Aquella noche Raquel _____________ (beber) demasiado.
h. Nosotros siempre _________________ (beber) agua con las comidas.
i. Pepe _____________ (buscar) las llaves, se las ____________ (meter) en el bolsillo y ____________ (salir) de casa.
j. Siempre se _____________ (cortar) el pelo en la peluquería de la esquina.

6. Üben Sie nach folgendem Muster.

¿Llegarás mañana? Sí, llegaré mañana. Él llegará mañana.

a. ¿Comprarás el coche el año que viene?
b. ¿Llenaréis el depósito de la gasolina?
c. ¿Crecerás todavía más?
d. ¿Limpiarás la cocina?
e. ¿Os casaréis en agosto?
f. ¿Viviréis en Madrid?
g. ¿Llevarás un vestido blanco?

7. Ergänzen Sie im Konjunktiv.

a. Es necesario que Luisa ____________ (volver-Präsens).
b. El profesor le aconsejó a Miguel que _____________ (estudiar-Imperfekt) más.
c. Es natural que los amigos no le ___________ (permitir-Präsens) hacer eso.

1. Das Personalpronomen

Man unterscheidet zwischen Subjektpronomen und Objektpronomen.

1.1 Die Subjektpronomen

Formen

yo	ich
tú	du
él	er
ella	sie
usted	Sie (Höflichkeitsform im Singular)
nosotros	wir (maskulin)
nosotras	wir (feminin)
vosotros	ihr (maskulin)
vosotras	ihr (feminin)
ellos	sie (maskulin)
ellas	sie (feminin)
ustedes	Sie (Höflichkeitsform im Plural)

INFOKASTEN

– Im Spanischen wird im Gegensatz zum Deutschen auch im Plural nach dem Geschlecht des Subjekts unterschieden.
– In Lateinamerika wird für die 2. Person Plural anstelle von ***vosotros*** ***ustedes*** verwendet.
Die Höflichkeitsform ***usted*** **Sie** steht mit der 3. Person Singular des Verbs.

Gebrauch
– Im Spanischen werden die Subjektpronomen (mit Ausnahme der Höflichkeitsformen) in der Regel weggelassen.

¿Dónde vives?	Wo wohnst du?
Vivo en Alemania.	Ich wohne in Deutschland.
¿Es usted la señora Blanco?	Sind Sie Frau Blanco?

– Die Subjektpronomen werden aber verwendet, wenn das Subjekt betont werden soll, vor allem bei Gegenüberstellungen.

Él es médico y ella es fotógrafa.	**Er ist Arzt und sie ist Fotografin.**

– Die Subjektpronomen werden außerdem in Sätzen ohne Verb benutzt.

¿Quién tiene una pregunta? – Yo.	**Wer hat eine Frage? – Ich.**

1.2 Die Objektpronomen

Man unterscheidet zwischen unbetonten und betonten Objektpronomen. Außerdem gibt es Reflexivpronomen.

Unbetonte Objektpronomen

Unbetonte Objektpronomen können als direktes Objekt (Akkusativ) oder als indirektes Objekt (Dativ) verwendet werden:

– Unbetonte Objektpronomen als direktes Objekt (Akkusativ)

me	mich
te	dich
lo	ihn
la	sie
lo	es
lo	Sie (Höflichkeitsform maskulin Singular)
la	Sie (Höflichkeitsform feminin Singular)
nos	uns
os	euch
los	sie (maskulin)
las	sie (feminin)
los	Sie (Höflichkeitsform maskulin Plural)
las	Sie (Höflichkeitsform feminin Plural)

– Unbetonte Objektpronomen als indirektes Objekt (Dativ)

me	mir
te	dir

le	**ihm**
le	**ihr**
le	**Ihnen (Höflichkeitsform im Singular)**
nos	**uns**
os	**euch**
les	**ihnen (maskulin und feminin)**
les	**Ihnen (Höflichkeitsform im Plural)**

– In vielen Gegenden Spaniens benutzt man statt *lo*, *los* (Akkusativ) die Formen *le*, *les*.

Stellung

– Die unbetonten Objektpronomen stehen vor dem konjugierten Verb bzw. bei zusammengesetzten Tempora vor dem Hilfsverb.

La veré el jueves.	**Ich werde sie am Donnerstag sehen.**
Lo he dicho muchas veces.	**Ich habe es mehrmals gesagt.**

– Beim bejahten Imperativ wird das unbetonte Objektpronomen an das Verb angehängt, beim verneinten Imperativ wird es vorangestellt.

¡Visítala!	**Besuche sie!**
¡No la visites!	**Besuche sie nicht!**

– Bei einer Konstruktion mit Modalverb und Infinitiv kann das Objektpronomen an den Infinitiv angehängt werden oder vor dem konjugierten Verb stehen.

No puedo creerlo.	**Ich kann es nicht glauben.**
No lo puedo creer.	**Ich kann es nicht glauben.**

– Wenn zwei unbetonte Objektpronomen im selben Satz zusammentreffen, steht im Spanischen anders als im Deutschen das indirekte Objektpronomen vor dem direkten Objektpronomen.

Te lo cuento rápidamente.	**Ich erzähle es dir schnell.**

– Das gilt auch für die Objektpronomen, die an den Imperativ angehängt werden.

¡Prométemelo! **Versprich es mir!**	

– Die indirekten Objektpronomen *le*, *les* werden durch *se* ersetzt, wenn sie unmittelbar vor den direkten Objektpronomen *lo*, *los*, *la*, *las* stehen.

Se lo regalaré.	**Ich werde es ihr/ihm/ihnen/Ihnen schenken.**

Gebrauch

– Steht am Anfang des Satzes ein direktes oder indirektes Objekt, muss auch das entsprechende unbetonte Objektpronomen vor dem Verb stehen.

Esta historia ya la conozco.	**Ich kenne diese Geschichte schon.**

Die betonten Objektpronomen

Die betonten Objektpronomen werden immer in Verbindung mit einer Präposition verwendet.

mí	**mir/mich**
ti	**dir/dich**
él	**ihm/ihn**
ella	**ihr/sie**
usted	**Ihnen/Sie (Höflichkeitsform im Singular)**
nosotros	**uns (maskulin)**
nosotras	**uns (feminin)**
vosotros	**euch (maskulin)**
vosotras	**euch (feminin)**
ellos	**ihnen/sie (maskulin)**
ellas	**ihnen/sie (feminin)**
ustedes	**Ihnen/Sie (Höflichkeitsform im Plural)**

– Mit Ausnahme der 1. und der 2. Person Singular werden die Formen der Subjektpronomen benutzt.

– In der 1. und 2. Person Singular wird die Präposition *con* in Verbindung mit *mí* bzw. *ti* zu jeweils einer neuen Form: *conmigo* bzw. *contigo*.

¿Hablas conmigo?	**Sprichst du mit mir?**

– Der Dativ wird immer mit der Präposition *a* gebildet, der Akkusativ nur, wenn er sich auf eine Person bezieht.

A ella no le creo ni una palabra.	Ich glaube ihr kein Wort.
A él lo veo todos los días.	Ich sehe ihn jeden Tag.

Gebrauch

Die betonten Objektpronomen werden verwendet:

– nach einer Präposition.

¿Hay un lugar libre para mí?	Gibt es einen freien Platz für mich?
¿Quieres salir esta noche con nosotros?	Willst du heute Abend mit uns ausgehen?

– zur Hervorhebung des direkten oder indirekten Objektes. In diesem Fall muss im Satz auch das entsprechende unbetonte Objektpronomen stehen.

A usted no lo conozco.	Ich kenne Sie nicht.
A mí me gusta bailar.	Mir gefällt es zu tanzen.

– um Missverständnisse zu vermeiden.

Hay que decírselo a él.	Man muss es ihm sagen.

1.3 Die Reflexivpronomen

Reflexivpronomen sind Objektpronomen, die sich auf das Subjekt beziehen.

(yo)	*me*	mich
(tú)	*te*	dich
(él, ella, usted)	*se*	sich
(nosotros/-as)	*nos*	uns
(vosotros/-as)	*os*	euch
(ellos, ellas, ustedes)	*se*	sich

Stellung

Es gelten die gleichen Regeln wie für unbetonte Objektpronomen.

2. Das Possessivpronomen

2.1 Die unbetonten Possessivpronomen

Die unbetonten Possessivpronomen stehen immer mit einem Substantiv.

Singular		Plural	
mein Sohn	*mi hijo*	**meine Söhne**	*mis hijos*
meine Tochter	*mi hija*	**meine Töchter**	*mis hijas*
dein	*tu hijo*	**deine**	*tus hijos*
deine	*tu hija*	**deine**	*tus hijas*
sein, ihr, Ihr	*su hijo*	**seine, ihre, Ihre**	*sus hijos*
seine, ihre, Ihre	*su hija*	**seine, ihre, Ihre**	*sus hijas*
unser	*nuestro hijo*	**unsere**	*nuestros hijos*
unsere	*nuestra hija*	**unsere**	*nuestras hijas*
euer	*vuestro hijo*	**euere**	*vuestros hijos*
euere	*vuestra hija*	**euere**	*vuestras hijas*
ihr, Ihr	*su hijo*	**ihre, Ihre**	*sus hijos*
ihre, Ihre	*su hija*	**ihre, Ihre**	*sus hijas*

– Die unbetonten Possessivpronomen stehen unmittelbar vor dem Substantiv.

Mi hermano se casa.	**Mein Bruder heiratet.**

– Sie richten sich in Singular sowie in der 3. Person Plural nur in der Zahl nach dem Substantiv, vor dem sie stehen.

Mi amigo/amiga hace deporte.	**Mein Freund/Meine Freundin macht Sport.**
Mis amigos/amigas hacen deporte.	**Meine Freunde/Freundinnen machen Sport.**

– Nur in der 1. und 2. Person Plural gibt es außerdem unterschiedliche Formen für Maskulinum und Femininum.

Vuestra idea es interesante.	**Euere Idee ist interessant.**
Vuestro proyecto es interesante.	**Euer Entwurf ist interessant.**

– *su* (sein, ihr und Ihr) ist das Possessivpronomen für *él*, *ella*, *usted*, *ellos*, *ellas* und *ustedes*. Bei Unklarheiten wird *su* durch den bestimmten Artikel ersetzt. Nach dem Substantiv stehen dann die Präposition *de* + das Personalpronomen.

Espero a su padre.	**Ich warte auf seinen/ihren/Ihren Vater.**
Espero al padre de ella.	**Ich warte auf ihren Vater.**

2.2 Die betonten Possessivpronomen

Die betonten Possessivpronomen können allein oder mit einem Substantiv stehen.

Singular		Plural	
mein	*mío*	**meine**	*míos*
meine	*mía*	**meine**	*mías*
dein	*tuyo*	**deine**	*tuyos*
deine	*tuya*	**deine**	*tuyas*
sein, ihr, Ihr	*suyo*	**seine, ihre, Ihre**	*suyos*
seine, ihre, Ihre	*suya*	**seine, ihre, Ihre**	*suyas*
unser	*nuestro*	**unsere**	*nuestros*
unsere	*nuestra*	**unsere**	*nuestras*
euer	*vuestro*	**eure**	*vuestros*
eure	*vuestra*	**eure**	*vuestras*
ihr, Ihr	*suyo*	**ihre, Ihre**	*suyos*
ihre, Ihre	*suya*	**ihre, Ihre**	*suyas*

– Die betonten Possessivpronomen richten sich in Geschlecht und Zahl nach dem Substantiv, auf das sie sich beziehen.

Tengo una fotografía nuestra.	**Ich habe ein Foto von uns.**

Gebrauch

– Die betonten Possessivpronomen werden direkt nach dem Substantiv verwendet, wenn vor diesem ein Artikel, ein Zahlwort, ein Indefinitpronomen oder ein Demonstrativpronomen steht.

He recibido una invitación suya.	**Ich habe eine Einladung von ihm/ihr/ihnen/Ihnen bekommen.**

Hay dos bolígrafos tuyos en el suelo.	**Es liegen zwei Kugelschreiber von dir auf dem Boden.**
Algunas ideas tuyas no me gustan	**Einige Ideen von dir gefallen mir nicht.**
Estas vacaciones nuestras son muy divertidas.	**Dieser Urlaub von uns ist sehr lustig.**

– Das betonte Possessivpronomen kann auch als Substantiv verwendet werden. In diesem Fall wird es von einem bestimmten Artikel begleitet. Es wird verwendet, um die Wiederholung eines Substantivs zu vermeiden.

¿Puedo usar tu encendedor? El mío no funciona.	**Kann ich dein Feuerzeug benutzen? Meines funktioniert nicht.**

– *ser* + betontes Possessivpronomen bedeutet „gehören".

Esta corbata es mía.	**Diese Krawatte gehört mir.**

3. Das Demonstrativpronomen

Im Spanischen gibt es beim Demonstrativpronomen drei unterschiedliche Abstufungsmöglichkeiten, um die Entfernung auszudrücken.

– Erste Stufe: Es wird auf Sachen oder Personen hingewiesen, die sich in unmittelbarer Nähe des Sprechers befinden.

	Singular		Plural	
maskulin	*este*	**dieser (hier)**	*estos*	**diese (hier)**
feminin	*esta*	**diese (hier)**	*estas*	**diese (hier)**

– Zweite Stufe: Es wird auf Sachen oder Personen hingewiesen, die in der Nähe des Angesprochenen sind oder sich vom Sprecher etwas weiter entfernt befinden.

	Singular		Plural	
maskulin	*ese*	**dieser (da)**	*esos*	**diese (da)**
feminin	*esa*	**diese (da)**	*esas*	**diese (da)**

– Dritte Stufe: Es wird auf Sachen oder Personen hingewiesen, die räumlich oder zeitlich weiter entfernt vom Sprecher und vom Angesprochenen sind.

	Singular		Plural	
maskulin	*aquel*	**der dort**	*aquellos*	**die dort**
feminin	*aquella*	**die dort**	*aquellas*	**die dort**

4. Das Interrogativpronomen

Alle Interrogativpronomen haben einen Akzent. Sie werden in der direkten Frage (*¿Quién eres?* Wer bist du?), in der indirekte Frage (*Me pregunta quién soy*. Er/sie fragt mich, wer ich bin.) und im Ausruf (*¡Qué bonito!* Wie schön!) gebraucht.

– *quién, quiénes* wer
Im Spanischen hat dieses Pronomen im Gegensatz zum Deutschen eine Pluralform. Es wird verwendet, um nach einer oder mehreren Personen zu Fragen. Es steht allein.

¿Quién viene a tu boda?	**Wer kommt zu deiner Hochzeit?**
¿Quiénes son aquellos hombres?	**Wer sind die Männer dort?**

– *qué* was, welcher, welche, welches, was für ein(e)
Qué ist unveränderlich.
Wenn es allein steht, bezieht es sich nur auf Sachen und bedeutet „was".

¿Qué has dicho?	**Was hast du gesagt?**

Wenn es mit einem Substantiv steht, bezieht es sich auf Personen und Sachen und bedeutet „welcher, was für ein".

¿Qué días puedes venir?	**An welchen Tagen kannst du kommen?**
¿Qué alumno ha aprobado?	**Welcher Student hat bestanden?**

– *cuánto, cuánta, cuántos, cuántas* wie viel(e)
Cuánto in Verbindung mit einem Substantiv stimmt in Geschlecht und Zahl mit ihm überein.

Es bezieht sich auf Personen oder Sachen. Es fragt nach ihrer Anzahl oder nach einer unbestimmten Menge.

¿Cuántas personas hay en la sala?	**Wie viele Personen gibt es im Saal?**
¿Cuántos días tiene abril?	**Wie viele Tage hat der April?**
¿Cuánta leche has comprado?	**Wie viel Milch hast du gekauft?**

– *cuál, cuáles* welcher, welches, welche

Es wird verwendet, um eine Auswahl aus einer begrenzten Anzahl oder Gruppe zu treffen. *Cuál, cuáles* fragt nach Personen oder Sachen und stimmt in der Zahl mit dem Substantiv überein, auf das es sich bezieht.

¿Cuál de estos dos vinos quieres beber?	**Welchen der zwei Weine möchtest du trinken?**
¿Cuáles son las ventajas de este proyecto?	**Welches sind die Vorteile von diesem Projekt?**

– *cómo* wie

Es fragt nach der Art und Weise von Personen oder Sachen oder nach ihrem Zustand. Es ist unveränderlich.

¿Cómo te llamas?	**Wie heißt du?**
¿Cómo estás?	**Wie geht es dir?**

– *dónde* wo

Es fragt nach dem Ort. Es ist unveränderlich.

¿Dónde está mi agenda?	**Wo ist mein Terminkalender?**

– *cuándo* wann

Es fragt nach der Zeit. Es ist unveränderlich.

¿Cuándo nos vemos?	**Wann sehen wir uns?**

ÜBUNGEN: DAS PRONOMEN

1. Ersetzen Sie die unterstrichenen Substantive durch die entsprechenden Pronomen.

a. Una niña pequeña perdió su mochila.

b. La niña pequeña buscó la mochila por todas partes, pero la niña pequeña no consiguió encontrar la mochila en ningún sitio.

c. La niña pequeña pidió ayuda a su padre.

d. El padre se encontró a los vecinos y preguntó a los vecinos si habían visto la mochila.

e. Los vecinos no habían visto la mochila, pero habían perdido un llavero con forma de caracol, así que preguntaron al padre si había encontrado un llavero con forma de caracol.

f. Los vecinos pidieron al padre que, si encontraba el llavero, devolviera el llavero a los vecinos. La niña preguntó a sus amigas por la mochila.

g. Las amigas de la niña tampoco sabían nada de la mochila.

h. La niña dijo a las amigas que estaba muy triste.

i. Las amigas querían consolar a la niña.

j. Las amigas compraron a la niña una mochila nueva.

k. Y regalaron la nueva mochila a la niña por su cumpleaños.

2. Setzen Sie die richtigen Personalpronomen ein. Beachten Sie, dass die in Klammern gestellten Pronomen normalerweise im Spanischen weggelassen werden.

a. María: Hola. __________ llamo María. ¿Y ____ ?

b. Luis: _________ llamo Luis.

c. María: Encantada de conocer______.

d. Luis: Igualmente. Y el señor que venía contigo, ¿cómo ____ llama (___)?

e. María: (___) Es el señor Pérez.

f. Señor Pérez: ¿Estabais (_________) hablando de ____?

g. María: Sí, (_________) estábamos hablando de _____.

h. Luis estaba interesado en saber su nombre. Luis: Encantado de conocer____, señor Pérez. ¿Cómo está _______?

i. Señor Pérez: Muy bien, gracias. ¿Queréis (_________) que (__________) vayamos a tomar algo?

j. Luis: ¿______ lo dice _____ en serio?.

k. Señor Pérez: Claro que (___) _____ lo digo en serio.

3. Bilden Sie Sätze mit den folgenden Verben.

a. (ella) irse

b. (nosotros) lavarse

c. (yo) llamarse

d. (vosotros) quedarse
e. (tú) reírse
f. (ellos) quejarse
g. (él) acordarse
h. (tú) alegrarse
i. (yo) relajarse
j. (nosotros) avergonzarse

4. Wo ist meine Tasche? Üben Sie nach folgendem Muster.

¿Dónde está mi bolso? Tu bolso está aquí. No, ese no es el mío, es el tuyo.

a. ¿Dónde están tus zapatos?
b. ¿Dónde está nuestro coche?
c. ¿Dónde está mi camisa?
d. ¿Dónde está vuestra televisión?
e. ¿Dónde están mis gafas?
f. ¿Dónde está su mochila?
g. ¿Dónde están vuestros panes?
h. ¿Dónde están sus libros?
i. ¿Dónde está tu mechero?
j. ¿Dónde está vuestro vino?

5. Setzen Sie das Demonstrativpronomen ein.

a. ¿De quién es aquel coche? _____ es mi coche.
b. ¿De qué color es ese bolígrafo? _____ es azul.
c. ¿Quién son aquellos chicos? _____ son los amigos de Luis.
d. ¿Este reloj funciona bien? No, _____ no funciona.
e. ¿Esa mujer te resulta simpática? _____ es una antipática.
f. ¿Los documentos están en aquella carpeta? No, _____ está vacía.
g. ¿Cuánto cuesta ese sofá? _____ es de los más caros que tenemos.
h. ¿Cómo puedo conseguir subir aquella montaña? _____ es de las más complicadas de subir.
i. ¿Conoces a esas niñas? _____ son las hijas de M. Carmen.
j. ¿Cuándo llegarán aquellos sobrinos tuyos? ____ llegarán bastante tarde.
k. ¿Te gustan esas galletas? _____ están buenísimas.
l. ¿Qué pone en esos folios? En _____ están todos los datos que necesitamos.

6. Verbinden Sie die zwei Teile zu einem Satz.

a. El médico nunca sabía
b. Los padres se preguntaban
c. El profesor ignoraba
d. La cocinera explicaba
e. Los amigos de Juan querían saber
f. El chófer del autobús no revelaba
g. **cómo** hacer que su bebé dejara de llorar.
h. **cuánto** huevo había que echarle a la tortilla de patatas.
i. **quién** podía aparecer en su consulta.
j. **cuándo** llegaba su tren a la estación.
k. **dónde** tenían que ir.
l. **cuál** era la mejor manera de enseñar.

DIE KONJUNKTIONEN

Die Konjunktionen verbinden Sätze und Satzteile miteinander. Man unterscheidet beiordnende Konjunktionen, die zwei gleichwertige Sätze miteinander verbinden, und unterordnende Konjunktionen, die einen Haupt- und einen Nebensatz verknüpfen.

1. Die beiordnenden Konjunktionen

Die beiordnenden Konjunktionen verbinden gleichrangige Sätze oder Satzteile.

– Kopulative Konjunktionen:
y (und), *ni* (und nicht)

Niños y adultos fueron a la exposición.	**Kinder und Erwachsene gingen zur Ausstellung.**
No lo sé, ni me interesa.	**Ich weiß es nicht, und es interessiert mich nicht.**

INFOKASTEN

y wird zu ***e*** vor Wörtern, die mit ***i-*** oder ***hi-*** beginnen.
Necesito aguja e hilo. **Ich brauche Nadel und Faden.**

– Disjunktive Konjunktionen:
o (oder), *o...o* (entweder ... oder), *ni...ni* (weder ... noch)

¿Quieres beber cerveza o vino?	**Willst du Bier oder Wein trinken?**
O te apresuras o nos vamos.	**Entweder beeilst du dich, oder wir gehen.**
Ni hace frío ni calor.	**Es ist weder kalt noch warm.**

INFOKASTEN

o wird zu ***u*** vor Wörtern, die mit ***o-*** oder ***ho-*** beginnen.
Eran setenta u ochenta invitados. **Es waren siebzig oder achtzig Gäste.**

– Adversative Konjunktionen
pero (aber), *sin embargo* (trotzdem, jedoch), *sino* (sondern)

Me he apresurado, pero he perdido el tren.	Ich habe mich beeilt, aber ich habe den Zug verpasst.
Lo comprendo, sin embargo, no estoy de acuerdo.	Ich verstehe es, trotzdem bin ich nicht einverstanden.
No quiero comer ahora, sino más tarde.	Ich möchte nicht jetzt essen, sondern später.

2. Die unterordnenden Konjunktionen

Die unterordnenden Konjunktionen verbinden Hauptsätze mit Nebensätzen.

– Temporale Konjunktionen:
antes de que (bevor), *cuando* (als, wenn), *cada vez que* (jedesmal wenn), *mientras* (während), *hasta que* (bis), *después de que* (nachdem), *desde que* (seitdem)

Cuando lo notaron, ya era demasiado tarde.	Als sie es bemerkt haben, war es schon zu spät.
Cuando empezó el concierto, todos se quedaron felices.	Als das Konzert begann, waren alle zufrieden.
Cada vez que lo veo, me pongo nerviosa.	Jedesmal wenn ich ihn sehe, werde ich nervös.
Mientras conduzco, escucho la radio.	Während ich fahre, höre ich Radio.

INFOKASTEN

Nach ***antes de que*** steht immer ein Verb in Konjunktiv.

Antes de que te vayas a Europa nos tenemos que ver.	Bevor du nach Europa fährst, müssen wir uns sehen.
Quiero haber terminado con la comida antes de que lleguen.	Ich will mit dem Essen fertig sein, bevor sie kommen.

Die anderen temporalen Konjunktionen stehen mit Konjunktiv, wenn die Handlung des Nebensatzes in der Zukunft liegt.

Esperé hasta que me cansé.	Ich wartete, bis ich müde wurde.
Esperaré hasta que me canse.	Ich werde warten, bis ich müde werde.

– Kausale Konjunktionen:
como (da), *porque* (weil), *puesto que/ya que* (da)

Como no teníamos dinero, no hicimos el viaje.	Da wir kein Geld hatten, machten wir die Reise nicht.
El niño lloraba porque tenía hambre.	Das Kind weinte, weil es Hunger hatte.

– Finale Konjunktionen:
para que (damit)

Lo repito para que no lo olvides.	Ich wiederhole es, damit du es nicht vergisst.

INFOKASTEN

Das Verb steht nach ***para que*** immer im Konjunktiv.

– Konsekutive Konjunktionen:
de manera que/de modo que/de forma que (sodass)

Está enfermo, de manera que no puede beber alcohol.
Er ist krank, sodass er keinen Alkohol trinken darf.

– Konzessive Konjunktionen:
aunque + Indikativ (obwohl), *aunque* + Konjunktiv (selbst wenn)

Aunque estuvieron allí temprano, no consiguieron entradas.
Obwohl sie früh dort waren, bekamen sie keine Eintrittskarten.
Aunque estén allí temprano, no conseguirán entradas.
Selbst wenn sie früh dort sind, werden sie keine Eintrittskarten bekommen.

– Konditionale Konjunktionen:
si (wenn, falls), *en caso de que* (falls), *siempre que* (vorausgesetzt, dass), *a condición de que* (unter der Bedingung, dass)

Si no te sientes bien, quédate en casa.
Wenn du dich nicht gut fühlst, bleib zu Hause.

Te lo diré a condición de que quede entre nosotros.
Ich werde es dir sagen, unter der Bedingung, dass es unter uns bleibt.
En caso de que la veas, envíale mis saludos.
Falls du sie siehst, übermittle ihr meine Grüße.

– Modale Konjunktionen:
como/según (wie)

Como ves, no he cambiado nada. Wie du siehst, habe ich mich nicht verändert.

INFOKASTEN

– Nach diesen Konjunktionen steht das Verb im Konjunktiv.
– Nach ***si*** kann Indikativ oder Konjunktiv stehen.

– Örtliche Konjunktionen:
donde (wo), *de donde* (dadurch), *adonde* (wohin)

Esta es la casa donde vive Juan.
Das ist das Haus, in dem Juan wohnt.
El país de donde vengo está en el sur de Europa.
Das Land, aus dem ich komme, ist in Südeuropa.

– Komparative Konjunktionen:
(vergleichende Konjunktionen)
tanto … como (so viel … wie), *tal … como* (genau … wie), *así … como* (so … wie)

Comió tanto como pudo. Er hat so viel gegessen, wie er konnte.
Es tal como te había dicho. Er ist genau wie ich dir gesagt habe.

– Steigernde Konjunktionen:
más … que (-er … als), *más … de* (mehr als)

Es más importante decir la verdad que callarse.
Es ist wichtiger, die Wahrheit zu sagen, als zu schweigen.
Tiene más dinero del que dice.
Er hat mehr Geld, als er zugibt.

ÜBUNGEN: DIE KONJUNKTIONEN

1. Verwenden Sie die beiordnenden Konjunktionen: *y (e), ni, o (u), o...o, ni...ni, pero, sin embargo, sino.*

a. No quiero tarta de fresa, _____ de frambuesa, está mucho más buena.
b. Julia _____ Rosa siempre van juntas a todas partes.
c. No había traído _____ pan _____ queso.
d. Si tú lo viste lo tendré que creer, _____ me parece increíble.
e. _____ te vas a casa, _____ te quedas, _____ no sigas quejándote.
f. ¿Prefieres helado de vainilla ____ de limón?
g. No le había hecho nada malo, _____ esa mujer no le caía bien.
h. Luisa no tenía hermanos _____ hermanas.
i. Estudiaba en la Facultad de Filosofía _____ Historia.
j. Lucía no era antipática, _____ simplemente tímida.
k. Querían un coche nuevo, _____ no tenían dinero para comprarlo.

2. Übersetzen Sie folgende Sätze.

a. Tiene fiebre, así que no puede ir al colegio.
b. Como no quería venir, le dejamos en casa.
c. Si no tienes reloj, no podrás saber la hora.
d. Cada vez que voy de paseo, llueve.
e. Aunque llegaron tarde, todavía estaba allí.
f. Como siempre digo, es importante tener amigos.
g. El coche no les gustaba porque era demasiado pequeño.
h. Mientras veía las noticias, tomaba siempre café.
i. Te lo digo para que lo tengas claro.
j. Antes de volver a casa, compra algo de pan.
k. En caso de que os encontréis, dile que tengo muchas ganas de verla.

3. Verbinden Sie die Sätze ihrer Bedeutung nach mit einer Konjunktion.

a. El sol brillaba en el cielo. No tenían ganas de salir a pasear por la ciudad. Decidieron hacer una excursión al campo.
b. La ventana estaba rota. Los niños le habían dado un pelotazo. Nadie sabía repararla.
c. Andrea se encontraba muy mal. No podía ir al colegio. Quería ir a comprar entradas para el concierto.
d. El matrimonio tenía mucha comida en la nevera. Pensaron invitar a unos amigos a cenar. Al final salieron a cenar fuera de casa.

e. El tabaco es cada vez más caro. La gente sigue fumando. Las ventas de tabaco han disminuido en los últimos meses.
f. Lo llamé a su casa. Estaba comunicando. Me dijo que vendría.
g. No tenía ganas de ir a visitarla. No tenía ganas de que ella viniera a visitarlo a él. Se quedó en casa.

4. Beantworten Sie folgende Fragen.

¿Cuándo has comprado esa piña? (Als) la vi en la tienda. La compré cuando la vi en la tienda.

a. ¿Cuándo recogiste la ropa de la tintorería? (bevor) volvieras del gimnasio.
b. ¿Cuándo sueles leer el periódico? (während) tomo café.
c. ¿Hasta cuándo piensas quedarte en Madrid? (bis) se termine el curso.
d. ¿Cada cuánto vas a la academia? (jedesmal wenn) tengo tiempo.
e. ¿Desde cuándo estudias español? (seitdem) estuve por primera vez en España.
f. ¿Cuándo hablaste con tu primo? (nachdem) me dijeras que estaba enfermo.

5. Bilden Sie Sätze mit *porque* nach folgendem Muster:

Madre: Me he quemado el dedo mientras hacía la tortilla. La madre estaba enfadada porque se había quemado el dedo haciendo la tortilla.

a. Padre: Me he manchado la camisa haciendo la ensalada.
b. Abuela: Me he torcido el tobillo bajando las escaleras.
c. Jaimito: He perdido mi pelota favorita.
d. Abuelo: Me he resfriado.
e. Leticia: No encuentro el libro que me quería comprar.
f. Luis: Mi moto no funciona.
g. El primo Antonio: Mis amigos no pueden venir a mi fiesta de cumpleaños.
h. Lucía: Mi novio me ha dejado.

6. Formulieren Sie um:

Da wir kein Geld mehr hatten, sollten wir zurück nach Hause kommen. Wir hatten kein Geld mehr, so dass wir nach Hause zurückkommen sollten. Como/puesto que/ya que no teníamos más dinero, tuvimos que volver a casa. No teníamos más dinero de manera que/de modo que/de forma que tuvimos que volver a casa.

a. Como el niño no paraba de llorar, los padres decidieron llevarlo al médico.

----

b. Puesto que no tenía nada más que decir, colgó el teléfono.

DIE PRÄPOSITIONEN

Die Präposition *a* wird verwendet:
– bei Personen als direktes Objekt.

¿Conoces a Pedro Ramos?	Kennst du Pedro Ramos?

– beim indirekten Objekt.

Le compraré un helado a tu hija.	Ich werde deiner Tochter ein Eis kaufen.

– zur Angabe der Richtung (wohin?).

¿Vamos a Colonia?	Fahren wir nach Köln?

– bei einigen Ortsangaben (wo?).

a la mesa	am Tisch
al sol/a la sombra/al aire libre	in der Sonne/im Schatten/im Freien
a la derecha/a la izquierda	rechts/links
al norte/al sur	nördlich/südlich
a la entrada	am Eingang

– zur Angabe der Entfernung.

El aeropuerto está a diez kilómetros de la ciudad.
Der Flughafen ist zehn Kilometer von der Stadt entfernt.

– zur Angabe eines Zeitpunkts (wann?).

a las diez	um zehn Uhr
a los ochenta años	mit achtzig Jahren

– zur Angabe der Art und Weise bzw. des Mittels.

a pie/a caballo	zu Fuß/zu Pferde
a mano/a máquina	mit der Hand/mit der Maschine

Präposition *con*:
Sie wird verwendet:
– zur Angabe der Begleitung.

Voy con Pablo al teatro.	Ich gehe mit Pablo ins Theater.

– zur Angabe des Mittels oder Werkzeugs.

No puedes escribir con lápiz.	Du darfst nicht mit Bleistift schreiben.
Lávate las manos con jabón.	Wasch dir die Hände mit Seife.

– zur Angabe der Art und Weise.

Habló con seguridad.	Sie/Er sprach sicher.

Präposition *de*:
Sie wird verwendet:
– zur Angabe eines Besitzes.

la casa de mis suegros	das Haus meiner Schwiegereltern
el reloj de mi padre	die Uhr meines Vaters

– zur Angabe des Materials.

La silla es de metal.	Der Stuhl ist aus Metall.
El anillo es de plata.	Der Ring ist aus Silber.

– zur Angabe der Herkunft.

El avión viene de París.	Das Flugzeug kommt aus Paris.
Soy de Alemania.	Ich bin aus Deutschland.

– zur Angabe des Zeitraums.

de cuatro a cinco	von vier bis fünf
de noche	nachts
de día	tagsüber

– zur Angabe einer Ursache.

morirse de hambre/de sed/ de cansancio	vor Hunger/vor Durst/vor Müdigkeit sterben

– zur näheren Bestimmung.

la Universidad de México	die Universität von Mexiko
el café de la esquina	das Café an der Ecke

– um einen Teil eines Ganzen anzugeben.

un litro de agua	ein Liter Wasser
la mitad del pan	die Hälfte des Brotes

Präposition *desde*:
Sie wird verwendet:
– zur Angabe des Ortes.

desde el tren	vom Zug aus

– zur Angabe der Zeit.

desde hoy	seit heute

Präposition *en*:
Sie wird verwendet:
– zur Angabe des Ortes (wo?).

en Europa	in Europa
en casa	zu Hause
en la oficina	im Büro

– zur Angabe eines Zeitpunkts (wann?).

en octubre	im Oktober
en verano	im Sommer

– zur Angabe des Transportmittels.

en avión	mit dem Flugzeug
en tren	mit dem Zug
en bicicleta	mit dem Fahrrad

Präposition *entre*:
Es wird verwendet:
– zur Angabe des Ortes.

entre Santo Domingo y Puerto Plata	zwischen Santo Domingo und Puerto Plata
entre nosotros	unter uns

– zur Angabe der Zeit.

entre las cuatro y las seis	zwischen vier und sechs

Präposition *para*:
Es wird verwendet:
– zur Angabe des Zweckes, der Bestimmung, der Absicht.

Esta maleta es para las vacaciones.	Dieser Koffer ist für den Urlaub.
Esta carta es para ti.	Dieser Brief ist für dich.
Voy al café para desayunar.	Ich gehe ins Café, um zu frühstücken.
Las frutas son buenas para guardar la línea.	Obst ist gut für die schlanke Linie.

– zur Angabe der Richtung.

Me voy para Italia.	Ich fahre nach Italien.
¡Mira para acá!	Schau hierher!

– zur Angabe eines Zeitpunkts.

para mañana	für morgen
para el lunes	für Montag

ÜBUNGEN: DIE PRÄPOSITIONEN

1. Ergänzen Sie die Sätze mit folgenden Präpositionen: *a, con, de, desde, en, para, por.*

a. _____ España la gente suele pasar mucho tiempo _____ la calle.
b. Me saludó con la mano _____ su ventana.
c. Nos sentamos todos _____ la mesa y empezamos a comer.
d. Marina vino _____ su hermana y _____ dos amigas suyas.
e. Compramos un par de maletas grandes _____ las vacaciones.
f. Nos gusta mucho ir a ese restaurante mexicano _____ la comida tan buena que hacen.
g. Acabamos de volver _____ Barcelona.
h. _____ aquí hay una tienda de moda muy conocida.
i. Cuando estamos _____ Alemania vamos a casi todas partes _____ bicicleta.
j. Alicante está _____ unos 500 y pico kilómetros de Barcelona.
k. Este regalo es _____ la hija de Alicia.
l. Vivimos _____ esta casa _____ el 21 de agosto de 2002.

2. Wo sind unsere Freunde?

a. Nuestros amigos están ____ Sevilla.
b. Acaban de llegar _____ París.
c. Quieren salir __ Málaga esta noche.
d. Pensaban pasar _____ tu casa antes de salir.
e. Pero aun tenían que ir _____ casa de los padres de Luis a dejar a los niños.
f. Supongo que deben estar _____ ellos en este momento.
g. _____ allí cogerán seguramente la autopista y ya no tardarán mucho en llegar.
h. _____ duda deben estar al llegar.
i. _____ una cosa y otra se me había olvidado comentártelo.
j. Y eso que llevamos ya un buen rato hablando _____ teléfono.

3. Wann treffen wir uns wieder?

a. Patricia: Podríamos quedar _____ el martes.
b. Quique: ¿Te parece bien _____ las seis y media?
c. Patricia: Yo tengo clase _____ tres _____ ocho.
d. Quique: ¿Y qué tal te viene _____ la mañana?.
e. Patricia: Mejor quedamos _____ las nueve _____ la noche.
f. Quique: Yo no puedo. ¿Y _____ las once y las doce _____ la mañana?
g. Patricia: _____ esas horas estaré comprando.
h. Quique: Bueno, mejor lo dejamos _____ otro día.

4. Wählen Sie die richtige Präposition aus.

a. _____ ese tema no tengo nada que decir. sobre a en
b. _____ amigos no merece la pena vivir. desde para sin
c. Todo ese trabajo tiene que estar listo _____ mañana. en para con
d. Hemos colocado la mesita _____ la puerta y la ventana. entre sin sobre
e. Tenemos que comprar paños nuevos _____ la cocina. para en desde
f. Podemos llamar _____ tus primos antes de salir para ver si están en casa. entre a desde
g. ¿_____ quién podemos contar para la fiesta de esta noche? sobre sin con
h. No nos hemos visto_____ hace quince años. sobre desde entre
i. _____ todas esas razones, hemos decidido no viajar a China esta primavera. por para a

5. Verbinden Sie die zwei Teile.

a. La doctora solía abrir la consulta...
b. Hemos quedado con...
c. Tenía que dar una conferencia...
d. No podía decidirse entre...
e. Inventó un nuevo caramelo...
f. Podía oírlos gritar...
g. nuestros amigos este jueves.
h. sobre la cría del mejillón.
i. sin azúcar.
j. sobre las nueve de la mañana.
k. desde la misma cocina.
l. las dos opciones que tenía.

6. Finden Sie die Präpositionen in diesem Text und unterstreichen Sie sie.

a. No había visto a Laura desde hacía muchos años.
b. El otro día, cuando iba por la calle, me la encontré.
c. Decidimos ir a una conocida cafetería del centro para tomar algo.
d. Pero cuando llegamos a la cafetería estaba cerrada.
e. Resulta que sólo abrían de cinco a diez y todavía eran las tres.
f. Así que tuvimos que buscar otro lugar y no podíamos decidirnos entre un pub cercano y la cafetería de la tía de Laura.
g. Al final nos decidimos por la cafetería de la tía de Laura.
h. Entramos y nos sentamos en una pequeña mesa, en unas sillas con extraños respaldos.
i. La camarera se acercó a nosotras y le pedimos un par de cafés con leche pero sin azúcar.
j. Laura y yo empezamos a hablar de nuestras cosas, me di cuenta de que mi amiga tenía muchas cosas que contarme.

1. Die Zahlen

1.1 Die Grundzahlen

0	*cero*	20	*veinte*	100	*cien/ciento*
1	*uno*	21	*vientiuno*	101	*ciento uno*
2	*dos*	22	*veintidós*	200	*doscientos*
3	*tres*	23	*veintitrés*	300	*trescientos*
4	*cuatro*	24	*veinticuatro*	400	*cuatrocientos*
5	*cinco*	25	*veinticinco*	500	*quinientos*
6	*seis*	26	*veintiséis*	600	*seiscientos*
7	*siete*	27	*veintisiete*	700	*setecientos*
8	*ocho*	28	*veintiocho*	800	*ochocientos*
9	*nueve*	29	*veintinueve*	900	*novecientos*
10	*diez*	30	*treinta*	1000	*mil*
11	*once*	31	*treinta y uno*	2000	*dos mil*
12	*doce*	32	*treinta y dos*	3000	*tres mil*
13	*trece*	33	*treinta y tres*	100 000	*cien mil*
14	*catorce*	40	*cuarenta*	200 000	*doscientos mil*
15	*quince*	50	*cincuenta*	1000 000	*un millón*
16	*dieciséis*	60	*sesenta*	2000 000	*dos millones*
17	*diecisiete*	70	*setenta*	1000 000 000	*mil millones*
18	*dieciocho*	80	*ochenta*		
19	*diecinueve*	90	*noventa*		

– Die Zahl 1 wird vor maskulinen Substantiven zu *un* und vor femininen Substantiven zu *una*. Das gilt auch für zusammengesetzte Zahlen.

un instrumento	**ein Instrument**
veintiún invitados	**einundzwanzig Gäste**
treinta y una semanas	**einunddreißig Wochen**

– Ab 30 werden Zehner und Einer getrennt geschrieben. Sie werden durch *y* miteinander verbunden.

treinta y dos	32
cuarenta y tres	43

INFOKASTEN

y steht nur zwischen Zehnern und Einern.

ciento treinta y tres	**133**
mil ciento cinco	**1 105**
un millón tres mil cuatro	**1 003 004**

– 100 heißt *cien* und *ciento.*

Cien wird vor Substantiven oder vor größeren Zahlen (*mil*, *millones*) verwendet.

cien soldados	**hundert Soldaten**
cien mil	**100 000**

Ciento wird vor Zehnern und Einern verwendet.

ciento cincuenta	**150**
ciento dos	**102**

– Ab 200 richten sich die Hunderter im Geschlecht nach dem nachfolgenden Substantiv. Das gilt auch, wenn nach den Hundertern ein weiteres Zahlwort steht.

cuatrocientas páginas	**vierhundert Seiten**
setecientas noventa horas	**siebenhundertneunzig Stunden**

– *Mil* als Zahl ist unveränderlich.

– *Millón* ist ein Substantiv und wird mit dem unbestimmten Artikel gebraucht. Zwischen *millón/millones* und dem nachfolgenden Substantiv steht *de.* Das gilt nicht, wenn nach *millón/millones* weitere Zahlwörter stehen.

un millón de dólares	**eine Million Dollar**
un millón quinientos mil euros	**eine Million fünfhunderttausend Euro**

– *Mil millones* sind eine Milliarde.

Gebrauch der Grundzahlen

– Angabe des Datums

Für das Datum wird im Spanischen die Grundzahl + *de* benutzt.

el ocho de febrero	**der 8. Februar**

INFOKASTEN

Statt *uno* wird beim Ersten des Monats auch die Ordnungszahl (*primero*) gebraucht.

el uno/primero de enero	**der 1. Januar**

– Die Jahreszahl wird im Gegensatz zum Deutschen nicht in Hunderten gesprochen. Sie wird mit *de* angeschlossen.

(mil quinientos noventa y uno)	**1591**
el 25 de mayo de 1810 (mil ochocientos diez)	**der 25. Mai 1810**

– Zur Angabe des Jahrhunderts werden die Grundzahlen gebraucht. Sie werden als römische Zahlen ohne Punkt geschrieben.

siglo XX (veinte)	**20. Jahrhundert**

1.2 Die Ordnungszahlen

1°	*primero*	11°	*undécimo*
2°	*segundo*	12°	*duodécimo*
3°	*tercero*	13°	*decimotercero*
4°	*cuarto*	14°	*decimocuarto*
5°	*quinto*	15°	*decimoquinto*
6°	*sexto*	20°	*vigésimo*
7°	*séptimo*	21°	*vigésimo primero*
8°	*octavo*	30°	*trigésimo*
9°	*noveno*	100°	*centésimo*
10°	*décimo*	1000°	*milésimo*

– Ordnungszahlen richten sich in Geschlecht und Zahl nach dem Substantiv, auf das sie sich beziehen.

primeros pasos	**erste Schritte**
sexto piso	**sechste Etage**

– *primero* und *tercero* werden vor einem maskulinen Substantiv im Singular zu *primer* und *tercer* verkürzt.

primer tren	**erster Zug**

– Wenn die Ordnungszahlen in Ziffern geschrieben werden, so stehen nach den Ziffern die letzten Buchstaben der Ordnungszahlen hochgestellt.

1er (primer) momento	**erster Moment**
5° (quinto) semestre	**fünftes Semester**
2^{a} (segunda) posibilidad	**zweite Möglichkeit**

Gebrauch der Ordnungszahlen

– Die Ordnungszahlen werden im Spanischen in der Regel nur bis *décimo* verwendet. Bei höheren Zahlen werden sie durch Grundzahlen ersetzt.

2. Die Uhrzeit

– Bei der Angabe der Uhrzeit wird im Spanischen der feminine bestimmte Artikel und eine Grundzahl verwendet. Das Verb *ser* (sein) und der Artikel stehen bei *una* im Singular, sonst im Plural.

¿Qué hora es?	**Wie viel Uhr ist es?**
Es la una.	**Es ist ein Uhr.**
Son las dos.	**Es ist zwei Uhr.**
Son las tres.	**Es ist drei Uhr.**

– Bis zu einer halben Stunde nach der vollen Stunde werden die Minuten mit *y* addiert.

las nueve y diez	**zehn nach neun**

ÜBUNGEN: ZAHLEN UND UHRZEIT

1. Verbinden Sie folgende Ereignisse mit den entsprechenden Daten. Dann bilden Sie Sätze und lesen Sie sie vor.

1469, 12-10-1492, 1516, 14-07-1789, 1905, 2-05-1808, 3-10-1990, 1-01-1986, 1992, 22-11-1975, 15-06-1997, 1605. Isabel I de Castilla y Fernando II de Aragón contraen matrimonio: unidad de España, Se publica la primera parte del Quijote, Reunificación alemana, Insurrección popular a causa de la abdicación de los Borbones a favor de José Bonaparte, Olimpiadas de Barcelona, Adhesión de España y Portugal a las Comunidades Europeas, las primeras elecciones democráticas en España, descubrimiento de América, Toma de la Bastilla, Einstein presenta la Teoría de la Relatividad, Don Juan Carlos I es proclamado rey de España, A la muerte de Fernando de Aragón, la Corona española recae sobre Carlos I de España y V de Alemania.

2. Lesen Sie diese Biografie von Cervantes und beantworten Sie folgende Fragen.

1547- Nace en Alcalá de Henares (Madrid). **década de 1560**- Educación en la escuela del humanista Juan de Hoyos (Madrid). Publica sus primeros poemas dedicados a la muerte de Isabel de Valois (mujer de Felipe II). **1569**- Viaja a Italia al servicio del Cardenal Aquaviva. **1570**- Se alista en el ejército español. **1571**- Participa en la Batalla de Lepanto contra los turcos. Sufre numerosas heridas y pierde la mano izquierda. A partir de ese momento será conocido como “El manco de Lepanto”. **1575**- Es secuestrado por unos piratas que se lo llevan a Argel. **1580**- Es liberado y vuelve a España. **1584**- Tiene una hija con Ana Franca de Rojas: Isabela de Saavedra. **12-12-1584**- Se casa con Catalina de Palacios, de 19 años. **1585**- Publica La Galatea (novela pastoril). **1590**- Es conocido como un autor prometedor. **1605**- Se publica en Madrid la primera parte de El Quijote. **1613**- Aparece en Madrid su colección completa de Novelas Ejemplares. **1614**- Se publica Viaje al Parnaso (cuento satírico). **1615**- Se publica en Madrid la segunda parte de El Quijote. **23-04-1616**- Muere en Madrid.

- **a.** ¿ Cuántos años vivió Cervantes?
- **b.** ¿Cuándo estudió?
- **c.** ¿A la mujer de qué rey le dedicó sus primeros poemas?
- **d.** ¿Cuántos años tenía cuando perdió la mano en la Batalla de Lepanto?
- **e.** ¿Cuántos años pasó preso en Argel?
- **f.** ¿A qué edad fue padre?
- **g.** ¿En qué fecha se casó con Catalina de Palacios?

h. Cuando se casó con ella, Cervantes tenía 37 años, ¿cuántos años se llevaban?

i. ¿En qué año se publicó la primera parte de *El Quijote*?

j. ¿Cuántos años tenía entonces Cervantes?

k. ¿Cuántos años pasaron desde que se publicó la primera parte de *El Quijote* hasta que se publicó la segunda?

3. Wie läuft die spanische *Primera División?*

	Equipo	PJ	PG	PE	PP	GF	GC	PTOS
1	Sociedad	35	21	9	5	6	41	72
2	R. Madrid	35	20	11	4	78	40	71
3	Deportivo	35	20	6	9	60	41	66
4	Celta	35	16	9	10	41	31	57
5	Valencia	35	16	8	11	51	31	56
6	Athletic	35	14	9	12	58	55	51
7	A. Madrid	35	12	11	12	49	46	47
8	Sevilla	35	12	11	12	35	33	47
9	Barcelona	35	12	11	12	56	45	47
10	Mallorca	35	13	8	14	46	54	47
11	Betis	35	11	12	12	47	50	45
12	Málaga	35	10	13	12	40	44	43
13	Villarreal	35	11	10	14	40	45	43
14	Español	35	10	12	13	43	45	42
15	Valladolid	35	11	9	15	34	37	42
16	Racing	35	12	5	18	45	55	41
17	Osasuna	35	9	11	15	31	44	38
18	Alavés	35	8	10	17	35	62	34
19	Recreativo	35	8	10	17	34	59	34
20	Vallecano	35	7	9	19	30	59	30

PJ: partidos jugados. PG: partidos ganados. PE: partidos empatados. PP: partidos perdidos. GF: goles a favor. GC: goles en contra. PTOS: puntos

La Real Sociedad es el <u>primer</u> clasificado de la Liga.

a. El Rayo Vallecano, sin embargo, es el _______.

b. Los tres últimos, es decir, el ______, el _______ y el _______ descenderán a final de temporada.

c. El Sevilla tiene _______ puntos más que el Betis, por eso es el _______.

d. Atlético de Madrid, Sevilla, Barcelona y Mallorca tienen los mismos puntos, pero el Atlético es _______, el Sevilla es _______, el Barcelona es _______ y el Mallorca es _______ por la diferencia de goles.

e. La Real Sociedad, es decir, el ______ de la Liga, jugará la Champions League.

f. Los tres siguientes, el _______, el _______ y el _______ también tendrán posibilidades de jugarla.

g. Los dos siguientes, el _______ y _______ participarán en la Copa de la UEFA.

h. El Osasuna se salvará porque es el _______ de la tabla.

i. El Valladolid es _______ empatado con el Español, que es _______.

j. El Málaga es _______ con _______ puntos.

k. El Villarreal es _______ con_______ puntos menos que Málaga. l. El Racing de Santander ocupa la _______ posición.

1. Der einfache Satz

Der einfache Satz besteht in der Regel aus einem Subjekt und einem Prädikat. Das Prädikat wiederum bildet sich aus einem Verb, das durch folgende Elemente begleitet werden kann: direktes Objekt, indirektes Objekt, adverbiale Bestimmungen und präpositionales Objekt.

1.1 Die Wortstellung

Im Spanischen ist die regelmäßige Wortstellung im Satz wie folgt:
Subjekt + Verb + direktes Objekt + indirektes Objekt

Ana envía saludos a Pablo.	**Ana schickt Pablo Grüße.**

– Adverbiale Bestimmungen können am Satzanfang oder am Satzende stehen.

En Mallorca viven muchos alemanes.
Muchos alemanes viven en Mallorca.
Viele Deutsche wohnen in Mallorca.

– Die regelmäßige Wortstellung kann sich zum Beispiel zur Hervorhebung einzelner Satzglieder verändern.

El año que viene compraré una moto.	**Im nächsten Jahr kaufe ich ein Motorrad.**
Compraré la moto el año que viene.	**Ich kaufe das Motorrad im nächsten Jahr.**

– Wenn das direkte oder das indirekte Objekt vorangestellt wird, wird es durch das entsprechende Pronomen wieder aufgenommen.

El viaje lo hacemos este fin de semana.	**Die Reise machen wir dieses Wochenende.**
A Marisa la veo el jueves.	**Marisa sehe ich am Donnerstag.**
A Andrea le enviaré un mensaje.	**Ich werde Andrea eine Nachricht schicken.**

2. Die Satzreihe

Sie besteht aus einer Reihe von zwei oder mehreren Hauptsätzen, die durch beiordnende Konjunktionen verbunden werden.

Mercedes es escritora y Rita da clases de español.	**Mercedes ist Schriftstellerin und Rita gibt Spanischunterricht.**

3. Das Satzgefüge

Es besteht aus einem Hauptsatz und einem oder mehren Nebensätzen, die unterschiedliche Satzglieder vertreten.
Im spanischen Nebensatz steht das Verb nie am Satzende.

3.1 Der Subjektsatz

Er wird durch die Konjunktion *que* (dass) eingeleitet.

Es necesario que te apresures.	**Es ist notwendig, dass du dich beeilst.**

3.2 Die Objektsätze

a) direkter Objektsatz

a.1) Aussagesatz

Er wird durch die Konjunktion *que* (dass) eingeleitet.

Creo que lo logrará.	**Ich glaube, dass er/sie es schaffen wird.**

a.2) indirekter Fragesatz

Er wird durch die Konjunktion *si* (ob) oder durch ein Fragewort eingeleitet.

No saben si tendrán tiempo.	**Sie wissen nicht, ob sie Zeit haben werden.**

b) präpositionale Objektsatz

Er wird durch die Präposition eingeleitet, die vom Verb des Hauptsatzes abhängt. Nach der Präposition steht die Konjunktion *que*.

Nos alegramos de que hayas venido.	**Wir freuen uns, dass du gekommen bist.**

3.3 Der Adverbialsatz

Es gibt temporale, kausale, finale, konsekutive, konzessive, konditionale und modale Adverbialsätze.

Lo repito para que no lo olvides.	**Ich wiederhole es, damit du es nicht vergisst.**

3.4 Der Attributsatz

Er dient zur näheren Bestimmung des Substantivs.

La lámpara que compramos no funciona.	**Die Lampe, die wir gekauft haben, funktioniert nicht.**

4. Die indirekte Rede

Die indirekte Rede wird für die Wiedergabe von Äußerungen an Dritte verwendet. Sie besteht aus einem Hauptsatz und einem Nebensatz. In der Regel steht im Nebensatz das Verb im Indikativ.

– direkte Rede

Laura: „Hago deporte el sábado.“	**Laura: „Ich mache am Samstag Sport.“**

– indirekte Rede

Laura dice que hace deporte el sábado.
Laura sagt, dass sie am Samstag Sport macht/mache.
Laura sagt, sie mache am Samstag Sport.

INFOKASTEN

Die Konjunktion ***que*** kann, anders als im Deutschen die Konjunktion **dass**, nicht weggelassen werden.

4.1 Die Zeitenfolge in der indirekten Rede

– Wenn das Verb des Hauptsatzes im Präsens, Perfekt, Futur oder Konditional steht, wird im Nebensatz die Zeit des direkten Satzes beibehalten.

direkte Rede	indirekte Rede
	Hauptsatz
	José dice/ha dicho/dirá/diría
	José sagt/hat gesagt/wird sagen/ würde sagen,
	Nebensatz
José: „Estoy ocupado."	*que está ocupado.*
„Ich bin beschäftigt."	**er sei beschäftigt.**
José: „Estaba ocupado."	*que estaba ocupado.*
„Ich war beschäftigt."	**dass er beschäftigt war.**
José: „Estaré ocupado."	*que estará ocupado.*
„Ich werde beschäftigt sein."	**er werde beschäftigt sein.**
José: „Estuve ocupado."	*que estuvo ocupado.*
„Ich bin beschäftigt gewesen."	**er sei beschäftigt gewesen.**
José: „He estado ocupado."	*que ha estado ocupado.*
„Ich bin beschäftigt gewesen."	**er sei beschäftigt gewesen.**

– Wenn das Verb des Hauptsatzes im Imperfekt, *indefinido*, Plusquamperfekt steht, verändert sich im Nebensatz die Zeit des direkten Satzes.

direkter Satz	Nebensatz der indirekten Rede
Präsens	**Imperfekt**
Perfekt	**Plusquamperfekt**
indefinido	**Plusquamperfekt/***indefinido*
Futur I	**Konditional I/***iba a* **+ Infinitiv**

Alle anderen Zeiten (Imperfekt, Plusquamperfekt, Konditional) des Verbs im Nebensatz verändern sich gegenüber der direkten Rede nicht.

direkte Rede	indirekte Rede
	Hauptsatz
	José decía/dijo/había dicho
	José sagte/sagte/hatte gesagt,
	Nebensatz
Präsens	Imperfekt
José: „Estoy ocupado."	*que estaba ocupado.*
„Ich bin beschäftigt."	**er sei beschäftigt gewesen.**

Perfekt *José: „He estado ocupado."* **„Ich bin beschäftigt gewesen."** *indefinido* *José: „Estuve ocupado."* **„Ich bin beschäftigt gewesen."**	Plusquamperfekt *que había estado ocupado.* **er wäre beschäftigt gewesen.** Plusquamperfekt *que había estado ocupado.* **er wäre beschäftigt gewesen.** *indefinido* *que estuvo ocupado.* **er sei beschäftigt gewesen.**
Futur I *José: „Estaré ocupado."* **„Ich werde beschäftigt sein."**	Konditional I *que estaría ocupado.* **er werde beschäftigt sein.** *iba a* + Infinitiv *que iba a estar ocupado.* **er werde beschäftigt sein.**

4.2 Die indirekte Frage

Das Verb steht im Indikativ. Für die Zeitenfolge gelten die gleichen Regeln wie für indirekte Aussagen.

– Wenn die direkte Frage ein Fragewort enthält, wie *qué* (wer, was), *quién* (wer), *dónde* (wo), *cuánto* (wie viel), *cuándo* (wann), leitet man die indirekte Frage mit demselben Fragewort ein.

direkte Frage:

„¿Quién es esa persona?"	**Wer ist diese Person?**

indirekte Frage:

Pregunta quién es esa persona.	**Er/sie fragt, wer diese Person ist.**

– Wenn die direkte Frage kein Fragewort enthält, leitet man die indirekte Frage mit Verben des Fragens wie *preguntar, querer saber* (fragen, wissen wollen) + *si* (ob) ein.
direkte Frage:

„¿Eres de Alemania?"	**Kommst du aus Deutschland?**

indirekte Frage:

Pregunta si soy de Alemania.	**Er/sie fragt, ob ich aus Deutschland komme.**

INFOKASTEN

Aufforderungen und Bitten im Imperativ (Befehlsform) werden in der indirekten Rede stets im *subjuntivo* (Konjunktiv) wiedergegeben. Im Deutschen entspricht dieser Form das Verb „sollen".

direkte Rede	
Carmen: „¡Ven a mi casa esta tarde!"	**Carmen: „Komm heute Nachmittag zu mir!"**
indirekte Rede	
Carmen dice que vayas a su casa esta tarde.	**Carmen sagt, du sollst heute Nachmittag zu ihr gehen.**

In allen anderen Fällen der indirekten Rede bleibt das Verb im Indikativ (Wirklichkeitsform) bestehen.

ÜBUNGEN: DER SATZBAU

1. Bringen Sie die Satzglieder in die richtige Position.

Patricia le dio (a Luis/el martes por la tarde/el informe).
Patricia le dio el informe a Luis el martes por la tarde.

- **a.** Lucía solía escribir (a su prima María/muchas cartas/desde París).
- **b.** Julia le coge (con delicadeza/a su hermano pequeño/la mano).
- **c.** Nacho le arregló (con las herramientas correspondientes/la muñeca/a su hija).
- **d.** Los amigos le regalaron (a Rafael/por su cumpleaños/un balón de fútbol).
- **e.** Ferrero le ganó (a Agassi/con maestría/el partido).
- **f.** Raquel les bailó (a los presentes/un tango/con mucha pasión).
- **g.** Leticia les cuenta (a sus amigas/todos sus secretos/detalladamente).
- **h.** Los manifestantes tiraron (con mala intención/a la policía/piedras).
- **i.** Telefónica mandó (atentamente/a todos sus clientes/una carta/por su aniversario).
- **j.** Teresa le compró (de la hela dería/un cucurucho/a la niña pequeña).
- **k.** Tomás demostró (a sus alumnos/su valentía/en la montaña).
- **l.** El portero abrió (a los visitantes/la puerta/con su llave maestra).

2. Heben Sie diese Satzglieder von Übung 1 hervor.

El informe. El informe se lo dio Patricia a Luis el martes por la tarde.

- **a.** A su prima María.
- **b.** A su hermano pequeño.
- **c.** La muñeca.
- **d.** Un balón de fútbol.
- **e.** A Agassi.
- **f.** Un tango.
- **g.** A sus amigas.
- **h.** Piedras.
- **i.** Una carta.
- **j.** Un cucurucho.
- **k.** Su valentía.
- **l.** La puerta.

3. Was ist notwendig?

(tú) apresurarse. Es necesario que te apresures.

- **a.** (ella) venir/el sábado por la tarde.
- **b.** (yo) comprar/dos paquetes de leche.
- **c.** (tú) acercarse/un poco más.
- **d.** (nosotros) estudiar/las nuevas lecciones.
- **e.** (vosotros) aprender/a cocinar.
- **f.** (él) lavarse/los dientes tres veces al día.
- **g.** (ellos) comer/frutas y verduras.
- **h.** (nosotras) leer/todos esos libros.
- **i.** (ellas) organizar/la fiesta del jueves.
- **j.** (yo) visitar/al médico.

4. Ergänzen Sie diesen Text mit den Konjunktionen *que* und *si* und Präp.+ *que.*

a. No saben _______ podrán venir esta noche.
b. Yo estoy segura _______ sí.
c. Pues yo creo _______ no van a tener tiempo suficiente.
d. Cualquiera diría _______ no quieres _______ vengan.
e. La verdad es _______ no sé _____ me hace mucha ilusión _______ vengan.
f. Me gustaría saber _______ estás hablando en serio.
g. Y a mí me gustaría _______ me dijeras por qué te pones así.
h. Me parece ______ esta conversación no tiene sentido.
i. No podría decirte _____ tiene sentido o no, pero me estoy cansando de ella.
j. Será mejor _______ lo dejemos.
k. Claro, además estoy segura _______ llegarán a tiempo.

5. Bilden Sie mit diesen zwei Sätzen einen einzigen sinnvollen Satz.

Conseguimos un premio. El premio fue merecido. El premio que conseguimos fue merecido.

a. Tenemos dos sofás en casa. Los sofás son nuevos.
b. El equipo consiguió una victoria el sábado. La victoria no tiene validez.
c. El teléfono suena constantemente. El teléfono no funciona bien.
d. El fin de semana pasado hicimos una excursión. La excursión salió a las mil maravillas.
e. García te regalo una televisión. La televisión tiene dificultades a la hora de encenderse.
f. España produce aceite de oliva. El aceite de oliva es muy sano.
g. El domingo se jugó un partido. El árbitro del partido pitó de forma muy injusta.
h. Me encargaste un gel. El gel huele muy bien.
i. Me gustan las verduras. Hoy cocinaré las verduras para comer.
j. Querías alquilar la pista. La pista está ocupada.
k. Quieres utilizar el plato. El plato está roto.

6. Was sagt Rosa?

„Tengo sueño." Rosa dice que tiene sueño.

a. „Anoche estuve en un concierto."
b. „He estado todo el día trabajando."
c. „He llegado a casa un poco tarde."
d. „Ahora voy a cenar."
e. „Me apetece darme una ducha".
f. „También veré un rato la televisión."
g. „Luego pienso acostarme."
h. „Aunque antes tengo que llamar a mi madre."
i. „Mi madre se preocupa mucho por mí."

1. Die Aussprache

Im Folgenden werden die wichtigsten Abweichungen gegenüber der deutschen Sprache behandelt.

– ***b*** und ***v*** werden im Spanischen gleich ausgesprochen.
Am Wortanfang nach einer Sprechpause sowie nach ***m*** und ***n*** werden sie wie **B**aum ausgesprochen. Sonst werden sie weicher gesprochen.

– ***c*** wird vor ***e*** und ***i*** wie das englische „th“ in „think“ ausgesprochen. In Südspanien, auf den Kanarischen Inseln und in Lateinamerika wird ***c*** in diesem Fall wie ***s*** ausgesprochen. Vor einem ***a***, ***o*** oder ***u*** und vor Konsonanten wird ***c*** wie ein ***k*** ausgesprochen.

– ***ch*** wird wie „tsch“ in Tschüss ausgesprochen.

– ***g*** wird vor ***e*** und ***i*** wie „ch“ in „Dach“ ausgesprochen.
Vor einem ***a***, ***o*** oder ***u*** und vor Konsonanten entspricht es dem deutschen ***g***. Ebenfalls vor ***e*** und ***i***, wenn man zwischen ***g*** und diese Vokale ein stummes ***u*** hinzufügt:

guerra	**Krieg**
guitarra	**Gitarre**

Soll das ***u*** zwischen ***g*** und ***e*** bzw. ***i*** gesprochen werden, erhält es zwei Punkte (*diéresis*):

pingüino	**Pinguin**

– ***h*** wird nicht ausgesprochen.

– ***j*** wird immer wie „ch“ in „Dach“ ausgesprochen.

– ***ll*** wird wie „j“ in „ja“ ausgesprochen.

– ***ñ*** wird wie „gn“ in „Cognac“ ausgesprochen.

– ***qu*** steht vor ***e*** oder ***i***. Es entspricht dem deutschen ***k***. Das ***u*** wird nicht ausgesprochen.

– ***r*** wird einfach gerollt (mit der Zungenspitze).
Am Wortanfang sowie nach ***l***, ***n*** und ***s*** wird stark gerollt. ***rr*** wird stark gerollt.

– ***z*** wird immer wie das englische „th“ in „think“ ausgesprochen. In Südspanien, auf den Kanarischen Inseln und in Lateinamerika wird es wie ***s*** ausgesprochen.

– Die Vokale werden in der Regel halblang ausgesprochen.

– Zur Erhaltung der Aussprache gibt es bei einigen Wörtern orthografische Veränderungen:
– ***g*** wird vor ***a***, ***o*** oder ***u*** zu ***j***: *ele**g**ir* (auswählen), *eli**j**o* (ich wähle aus)
– ***gu*** wird vor ***a***, ***o*** oder ***u*** zu ***g***: *se**gu**ir* (folgen), *si**g**o* (ich folge)
– ***g*** wird vor ***e*** oder ***i*** zu ***gu***: *pa**g**ar* (bezahlen), *pa**gu**é* (ich bezahlte)
– ***c*** wird vor ***e*** oder ***i*** zu ***qu***: *ri**c**o* (lecker), *ri**qu**ísimo* (äußerst lecker)

– Die Diphthonge
Diphthonge sind Zusammenstellungen von zwei Vokalen, die eine Silbe bilden. Sie bestehen aus der Verbindung von den Vokalen ***i*** oder ***u*** untereinander oder mit den Vokalen ***a***, ***e*** oder ***o***:

puerto	**Hafen**
ciudad	**Stadt**
europeo	**europäisch**

Wenn ein Akzent auf ***i*** oder ***u*** steht, handelt es sich um zwei getrennte Silben, also keinen Diphthong:

río	**Fluss**
día	**Tag**

2. Betonung und Akzent

– Wörter, die auf *-n*, *-s* oder Vokal enden, werden auf der vorletzten Silbe betont:

farmacia	Apotheke	*libro*	Buch
inteligente	intelligent	*pasos*	Schritte

– Wörter, die auf einen Konsonanten (außer *-n* und *–s*) enden, werden auf der letzten Silbe betont:

ciudad	Stadt	*azul*	blau
cantar	singen	*pintor*	Maler

– Alle Abweichungen von diesen Regeln sind durch einen Akzent auf dem betonten Vokal gekennzeichnet:

canción	Lied	*avión*	Flugzeug
árbol	Bau	*difícil*	schwierig

– Alle Wörter, die auf der drittletzten Silbe betont werden, tragen daher einen Akzent auf dem betonten Vokal:

fotógrafo	Fotograf	*político*	Politiker
kilómetro	Kilometer		

– Fragewörter und Ausrufewörter tragen immer einen Akzent

¿Cómo te llamas?	Wie heißt du?
¡Qué bonito!	Wie schön!

3. Die Rechtschreibung

3.1 Die Großschreibung

Großgeschrieben werden:
– Wörter am Satzanfang.
– Eigennamen (Personen, geografische Bezeichnungen).

María Buenos Aires Galicia Paraguay	 Galicien

– Namen von Institutionen.

Universidad de México	**Universität von Mexico**

– Abkürzungen.

Sr. (señor)	**Herr**
Sra. (señora)	**Frau**
Ud., Vd. (usted)	**Sie**

3.2 Die Satzzeichen

Gebrauch des Kommas

Das Komma fehlt:

– vor Sätzen, die mit *que* (dass) eingeleitet werden.

Creo que tiene razón.	**Ich glaube, dass er/sie recht hat.**

– vor Relativsätzen, wenn diese für das Verständnis des Hauptsatzes erforderlich sind.

La corbata que has comprado no me gusta.	**Die Krawatte, die du gekauft hast, gefällt mir nicht.**

Ausrufezeichen und Fragezeichen stehen im umgekehrter Form auch am Anfang des Satzes:

¿Te mudas? ¡Qué lástima!	**Ziehst du um? Wie schade!**

Das Komma steht oft, um Adverbien und adverbiale Bestimmungen abzutrennen:

Lamentablemente, me tengo que ir.	**Leider muss ich gehen.**

1. Lesen Sie diesen Text vor.

a. Hoy va a ser un día maravilloso.
b. Ha salido el sol y tengo muchas ganas de hacer cosas nuevas.
c. Llamaré a mis amigos y les propondré que vayamos a la playa.
d. Aunque primero tengo que ir a comprarme unas zapatillas y un bañador.
e. Podría llamar a Javier para que me acompañara a comprar.
f. ¿O sería mejor que llamara a Charo?
g. Ella siempre ha tenido mucha paciencia conmigo.
h. Además le encanta ir de tiendas y quería comprarse una gorra y un paraguas.
i. Definitivamente llamaré a Charo.
j. Pero, ¿qué habré hecho con su número de teléfono?
k. Tendré que pasarme por su casa y tocarle al timbre.
l. Una cosa puedo decir: ¡me encanta estar de vacaciones!

2. Ergänzen Sie mit *b/v, qu/z, g/gu/gü/j, r/rr* folgende Sätze.

a. (b/v) El _iernes fuimos al _ar a tomar una cer_eza.
b. (c/que/z) Siempre de_ía _e no tenía tiempo de _omprar _apatos.
c. (g/gu/gü/j) La ci_eña volvía a Guadala_ara todos los años y se refu_iaba en el _ardín de los _arcía.
d. (r/rr) Me pa_ece ho_o_oso que tengas que _ecoge_ las _osas de esa mane_a.
e. (c/qu/z) El _eso y la _erve_a son dos de mis elementos preferidos en una _omida.
f. (g/gu/gü/j) Traba_aba cuidando pin_inos en el zooló_ico.
g. (b/v) La llu_ia no pudo e_itar que siguiéramos jugando con el _alón.
h. (r/rr) _epeti_ los enunciados de las p_eguntas no favo_ece los buenos _esultados.
i. (c/qu/z) Las _ere_as son la fruta _e más le gusta a mi _uñado.
j. (g/gu/gü/j) “La _erra de las _alaxias” tra_o un montón de efectos especiales nuevos.
k. (b/v) La _acas _e_ían del a_re_adero.
l. (r/rr) _obar es un _ecu_so ext_emo pa_a consegui_ dine_o.

3. Setzen Sie folgende Buchstaben *(ch, h, ll, ñ)* in die richtige Stelle ein.

a. A los ni_os les encanta comer _ocolate.
b. _e cogido tus _aves de casa porque _abía perdido las mías.
c. _ama a la mu_a_a para que pueda escu_ar el programa de radio.

d. Estoy _arta de _antos extra_os, a partir de a_ora te vas a comportar como una ni_a mayor.
e. La ca_a de azúcar está re_ena de una sustancia dulce.
f. Pásame el me_ero y la le_a, que voy a intentar encender una _oguera.
g. En la _imenea ardían las _amas del fuego.
h. Después de la _uvia estaba todo el _uerto _eno de _arcos.
i. Comimos una _emosa pae_a bajo una _iguera en el campo.
j. En _ina _ay más ni_os que ni_as.

4. Ordnen Sie diese Wörter in Kategorien: *azul, rima, plátano, rumor, médico, lápiz, correr, historia, dieciséis, tema, huésped, psicólogo, rezar, Pérez, llegó, fácil, rábano, corazón, fácil, canción, remos.*

Auf der letzten Silbe betonte Wörter (mit Akzent)
Auf der vorletzten Silbe betonte Wörter
Auf der drittletzten Silbe betonte Wörter
Wörter, die auf Konsonant (außer -n und -s) enden

5. Setzen Sie die Akzente ein. Beachten Sie, dass die betonten Silben unterstrichen sind.

a. En un pais multicolor, habia una abeja bajo el sol.
b. ¡Que pequeñas son las niñas que juegan en la plaza!
c. La farmacia estaba cerrada cuando llegamos.
d. Me gustan los libros de aventuras.
e. Se corto el pelo en la nueva peluqueria del barrio.
f. Siempre desayuno cafe con leche.
g. Necesito un telefono para llamar a casa.
h. La cancion preferida de mi padre sonaba muy a menudo en la radio.
i. El poder de la humanidad es inmenso.
j. La estacion de tren estaba llena de viajeros impacientes.
k. La sal y el azucar estan presentes en todas las cocinas.

6. Wählen Sie das richtige Wort aus:

a. Me gustaría ____ vinieras a visitarme el lunes. qué que
b. ¿____ pretendes decirme con todo eso? Qué Que
c. ____ amistad es muy importante para mí. Tú Tu
d. ____ nunca sabes qué decir en estas situaciones. Tú Tu
e. ____ tienes tiempo, llama a tu abuela esta noche. Sí Si
f. Los ingleses suelen tomar ____ a las cinco. té te

UNREGELMÄSSIGE VERBEN

Im Folgenden werden nur die unregelmäßigen Formen der wichtigsten unregelmäßigen Verben berücksichtigt.

Infinitiv:

andar	**gehen**

indefinido	Konj. Imperfekt
anduve	*anduviera/-se*
anduviste	*anduvieras/-ses*
anduvo	*anduviera/-se*
anduvimos	*anduviéramos/-semos*
anduvisteis	*anduvierais/-seis*
anduvieron	*anduvieran/-esen*

Infinitiv:

caber	**Platz haben**

Präsens	Konj. Präsens	Imperativ
quepo	*quepa*	
cabes	*quepas*	*cabe*
cabe	*quepa*	*quepa*
cabemos	*quepamos*	*quepamos*
cabéis	*quepáis*	*cabed*
caben	*quepan*	*quepan*
indefinido	Futur I	Konditional I
cupe	*cabré*	*cabría*
cupiste	*cabrás*	*cabrías*
cupo	*cabrá*	*cabría*
cupimos	*cabremos*	*cabríamos*
cupisteis	*cabréis*	*cabríais*
cupieron	*cabrán*	*cabrían*

Infinitiv:

caer	**fallen**

Präsens	Konj. Präsens	Imperativ
caigo	*caiga*	
caes	*caigas*	*cae*
cae	*caiga*	*caiga*
caemos	*caigamos*	*caigamos*
caéis	*caigáis*	*caed*
caen	*caigan*	*caigan*
indefinido	Konj. Imperfekt	
caí	*cayera/-se*	
caíste	*cayeras/-ses*	
cayó	*cayera/-se*	
caímos	*cayéramos/-semos*	
caísteis	*cayerais/-seis*	
cayeron	*cayeran/-sen*	
Gerundium	Partizip	
cayendo	*caído*	

Infinitiv:

conducir	**führen, fahren**

Präsens	*indefinido*	Konj. Präsens
conduzco	*conduje*	*conduzca*
conduces	*condujiste*	*conduzcas*
conduce	*condujo*	*conduzca*
conducimos	*condujimos*	*conduzcamos*
conducís	*condujisteis*	*conduzcáis*
conducen	*condujeron*	*conduzcan*

Konj. Imperfekt
condujera, condujese
condujeras, condujeses
condujera, condujese
condujéramos, condujésemos
condujerais, condujeses
condujeran, condujesen

Infinitiv:

dar	geben

Präsens	Konj. Präsens	Imperativ
doy	*dé*	
das	*des*	*da*
da	*dé*	*dé*
damos	*demos*	*demos*
dais	*deis*	*dad*
dan	*den*	*den*
indefinido	Konj. Imperfekt	
di	*diera/-se*	
diste	*dieras/-ses*	
dio	*diera/-se*	
dimos	*diéramos/-semos*	
disteis	*dierais/-seis*	
dieron	*dieran/-sen*	

Infinitiv:

decir	sagen

Präsens	*indefinido*	Futur I
digo	*dije*	*diré*
dices	*dijiste*	*dirás*

dice	*dijo*	*dirá*
decimos	*dijimos*	*diremos*
decís	*dijisteis*	*diréis*
dicen	*dijeron*	*dirán*
Konj. Präsens	Imperativ	Konj. Imperfekt
diga		*dijera/-se*
digas	*di*	*dijeras/-ses*
diga	*diga*	*dijera/-se*
digamos	*digamos*	*dijéramos/-semos*
digáis	*decid*	*dijerais/-seis*
digan	*digan*	*dijeran/-sen*
Konditional		
diría		
dirías		
diría		
diríamos		
diríais		
dirían		
Gerundium	Partizip	
diciendo	*dicho*	

Infinitiv:

hacer	**machen**

Präsens	*indefinido*	Futur I
hago	*hice*	*haré*
haces	*hiciste*	*harás*
hace	*hizo*	*hará*
hacemos	*hicimos*	*haremos*
hacéis	*hicisteis*	*haréis*
hacen	*hicieron*	*harán*

Konj. Präsens	Imperativ	Konj. Imperfekt
haga		*hiciera/-se*
hagas	*haz*	*hicieras/-ses*
haga	*haga*	*hiciera/-se*
hagamos	*hagamos*	*hiciéramos/-semos*
hagáis	*haced*	*hicierais/-seis*
hagan	*hagan*	*hicieran/-sen*

Konditional	Partizip
haría	*hecho*
harías	
haría	
haríamos	
haríais	
harían	

Infinitiv:

ir	**gehen, fahren**

Präsens	Imperfekt	*indefinido*
voy	*iba*	*fui*
vas	*ibas*	*fuiste*
va	*iba*	*fue*
vamos	*íbamos*	*fuimos*
vais	*ibais*	*fuisteis*
van	*iban*	*fueron*

Konj. Präsens	Imperativ	Konj. Imperfekt
vaya		*fuera/-se*
vayas	*ve*	*fueras/-ses*
vaya	*vaya*	*fuera/-se*
vayamos	*vayamos*	*fuéramos/-semos*
vayáis	*id*	*fuerais/-seis*
vayan	*vayan*	*fueran/-sen*

Infinitiv:

oír	**hören**

Präsens	*indefinido*	
oigo	*oí*	
oyes	*oíste*	
oye	*oyó*	
oímos	*oímos*	
oís	*oísteis*	
oyen	*oyeron*	
Konj. Präsens	Imperativ	Konj. Imperfekt
oiga		*oyera/-se*
oigas	*oye*	*oyeras/-ses*
oiga	*oiga*	*oyera/-se*
oigamos	*oigamos*	*oyéramos/-semos*
oigáis	*oíd*	*oyerais/-seis*
oigan	*oigan*	*oyeran/-sen*
Gerundium		
oyendo		
Partizip		
oído		

Infinitiv:

poder	**können**

Präsens	*indefinido*	Futur I
puedo	*pude*	*podré*
puedes	*pudiste*	*podrás*
puede	*pudo*	*podrá*

podemos	*pudimos*	*podremos*
podéis	*pudisteis*	*podréis*
pueden	*pudieron*	*podrán*
Konj. Präsens	Imperativ	Konj. Imperfekt
pueda		*pudiera/-se*
puedas	*puede*	*pudieras/-ses*
pueda	*pueda*	*pudiera/-se*
podamos	*podamos*	*pudiéramos/-semos*
podáis	*poded*	*pudierais/-seis*
puedan	*puedan*	*pudieran/-sen*
Konditional		
podría		
podrías		
podría		
podríamos		
podríais		
podrían		
Gerundium		
pudiendo		

Infinitiv:

poner	**setzen, stellen, legen**

Präsens	*indefinido*	Futur I
pongo	*puse*	*pondré*
pones	*pusiste*	*pondrás*
pone	*puso*	*pondrá*
ponemos	*pusimos*	*pondremos*
ponéis	*pusisteis*	*pondréis*
ponen	*pusieron*	*pondrán*

Konj. Präsens	Imperativ	Konj. Imperfekt
ponga		*pusiera/-se*
pongas	*pon*	*pusieras/-ses*
ponga	*ponga*	*pusiera/-se*
pongamos	*pongamos*	*pusiéramos/-semos*
pongáis	*poned*	*pusierais/-seis*
pongan	*pongan*	*pusieran/-sen*

Konditional

pondría
pondrías
pondría
pondríamos
pondríais
pondrían

Partizip

puesto

Infinitiv:

querer	**wollen**

Präsens	*indefinido*	Futur I
quiero	*quise*	*querré*
quieres	*quisiste*	*querrás*
quiere	*quiso*	*querrá*
queremos	*quisimos*	*querremos*
queréis	*quisisteis*	*querréis*
quieren	*quisieron*	*querrán*
Konj. Präsens	Imperativ	Konj. Imperfekt
quiera		*quisiera/-se*
quieras	*quiere*	*quisieras/-ses*
quiera	*quiera*	*quisiera/-se*

queramos	*queramos*	*quisiéramos/-semos*
queráis	*quered*	*quisierais/-seis*
quieran	*quieran*	*quisieran/-sen*
Konditional		
querría		
querrías		
querría		
querríamos		
querríais		
querrían		

Infinitiv:

saber	wissen

Präsens	*indefinido*	Futur I
sé	*supe*	*sabré*
sabes	*supiste*	*sabrás*
sabe	*supo*	*sabrá*
sabemos	*supimos*	*sabremos*
sabéis	*supisteis*	*sabréis*
saben	*supieron*	*sabrán*
Konj. Präsens	Imperativ	Konj. Imperfekt
sepa		*supiera/-se*
sepas	*sabe*	*supieras/-ses*
sepa	*sepa*	*supiera/-se*
sepamos	*sepamos*	*supiéramos/-semos*
sepáis	*sabed*	*supierais/-seis*
sepan	*sepan*	*supieran/-sen*
Konditional		
sabría		
sabrías		

sabría
sabríamos
sabríais
sabrían

Infinitiv:

salir	**ausgehen**

Präsens	Konj. Präsens	Imperativ
salgo	*salga*	
sales	*salgas*	*sal*
sale	*salga*	*salga*
salimos	*salgamos*	*salgamos*
salís	*salgáis*	*salid*
salen	*salgan*	*salgan*
Futur I	Konditional	
saldré	*saldría*	
saldrás	*saldrías*	
saldrá	*saldría*	
saldremos	*saldríamos*	
saldréis	*saldríais*	
saldrán	*saldrían*	

Infinitiv:

tener	**haben**

Präsens	*indefinido*	Futur I
tengo	*tuve*	*tendré*
tienes	*tuviste*	*tendrás*
tiene	*tuvo*	*tendrá*

tenemos	*tuvimos*	*tendremos*
tenéis	*tuvisteis*	*tendréis*
tienen	*tuvieron*	*tendrán*
Konj. Präsens	Imperativ	Konj. Imperfekt
tenga		*tuviera/-se*
tengas	*ten*	*tuvieras/-ses*
tenga	*tenga*	*tuviera/-se*
tengamos	*tengamos*	*tuviéramos/-semos*
tengáis	*tened*	*tuvierais/-seis*
tengan	*tengan*	*tuvieran/-sen*
Konditional		
tendría		
tendrías		
tendría		
tendríamos		
tendríais		
tendrían		

Infinitiv:

traer	**bringen**

Präsens	Konj. Präsens	Imperativ
traigo	*traiga*	
traes	*traigas*	*trae*
trae	*traiga*	*traiga*
traemos	*traigamos*	*traigamos*
traéis	*traigáis*	*traed*
traen	*traigan*	*traigan*
indefinido	Konj. Imperfekt	
traje	*trajera/-se*	
trajiste	*trajeras/-ses*	
trajo	*trajera/-se*	

trajimos	*trajéramos/-semos*
trajisteis	*trajerais/-seis*
trajeron	*trajeran/-sen*

Gerundium
trayendo

Partizip
traído

Infinitiv:

valer	wert sein, gelten

Präsens	Futur	Konditional I
valgo	*valdré*	*valdría*
vales	*valdrás*	*valdrías*
vale	*valdrá*	*valdría*
valemos	*valdremos*	*valdríamos*
valéis	*valdréis*	*valdríais*
valen	*valdrán*	*valdrían*

Konj. Präsens
valga
valgas
valga
valgamos
valgáis
valgan

Infinitiv:

venir **kommen**

Präsens	*indefinido*	Futur I
vengo	*vine*	*vendré*
vienes	*viniste*	*vendrás*
viene	*vino*	*vendrá*
venimos	*vinimos*	*vendremos*
venís	*vinisteis*	*vendréis*
vienen	*vinieron*	*vendrán*
Konj. Präsens	Imperativ	Konj. Imperfekt
venga		*viniera/-se*
vengas	*ven*	*vinieras/-ses*
venga	*venga*	*viniera/-se*
vengamos	*vengamos*	*viniéramos/-semos*
vengáis	*venid*	*vinierais/-seis*
vengan	*vengan*	*vinieran/-sen*

Konditional

vendría
vendrías
vendría
vendríamos
vendríais
vendrían

Gerundium

viniendo

Infinitiv:

ver	**sehen**

Präsens	Imperpekt	*indefinido*
veo	*veía*	*vi*
ves	*veías*	*viste*
ve	*veía*	*vio*
vemos	*veíamos*	*vimos*
veis	*veíais*	*visteis*
ven	*veían*	*vieron*
Konj. Präsens	Imperativ	Konj. Imperfekt
vea		*viera/-se*
veas	*ve*	*vieras/-ses*
vea	*vea*	*viera/-se*
veamos	*veamos*	*viéramos/-semos*
veáis	*ved*	*vierais/-seis*
vean	*vean*	*vieran/-sen*
Partizip		
visto		

ÜBUNGEN: UNREGELMÄSSIGE VERBEN

1. Konjugieren Sie im Präsens.

salir ____________________________________
venir ____________________________________
dar ____________________________________
decir ____________________________________
hacer ____________________________________
ir ____________________________________
oír ____________________________________
poder ____________________________________
poner ____________________________________
querer ____________________________________
saber ____________________________________
tener ____________________________________

2. Beantworten Sie die Fragen.

¿Cabes en el ascensor? Sí, quepo en el ascensor. Él también cabe.

a. ¿Decís que queréis venir?
b. ¿Me das una moneda?
c. ¿Sales esta noche?
d. ¿Quieres comer con nosotros?
e. ¿Tienes algún regalo para Tomás?
f. ¿Ves a tus amigos por ahí?
g. ¿Sabéis cuántas hermanas tiene Patricia?
h. ¿Oyes lo que te estoy diciendo?
i. ¿Pones las flores en un jarrón con agua?
j. ¿Me traes un vaso de la cocina?
k. ¿Venís el domingo a comer a casa?
l. ¿Haces normalmente los deberes?

3. Ergänzen Sie jeweils die richtige Form des Verbs im Futur.

a. Cuando adelgace un poco, me ____________ (caber) estos pantalones.
b. Él nunca ____________ (saber) el daño que me ha hecho.
c. No sé si nosotros ____________ (poder) ir con vosotros a la montaña.
d. Tú nos ____________ (dar) las entradas y nosotros te ____________ (dar) el dinero.
e. Vosotros ____________ (decir) lo que queráis, pero yo estoy seguro de que fumar no es sano.
f. ¿Crees que tus amigos ____________ (tener) tiempo el sábado para venir a la fiesta?
g. ¿Qué ____________ (hacer) nosotros cuando todos los demás estén de vacaciones?
h. El sol se ____________ (poner) esta tarde, como todos los días.
i. Yo nunca ____________ (querer) que le pase nada malo.
j. El lunes a las siete de la mañana nosotros ____________ (salir) para París.
k. Este fin de semana ellos ____________ (ver) *La Guerra de las Galaxias*.
l. Tú me ____________ (oír) gritar si te necesito.

4. Ergänzen Sie die folgende Tabelle.

Infinitiv	Gerundium	Partizip
andar	___________	___________
querer	___________	___________
decir	___________	___________
___________	poniendo	___________
___________	trayendo	___________
___________	___________	hecho
___________	___________	visto
___________	___________	oído

5. Sie sind der Regisseur einer Theatergruppe und müssen den Schauspielern sagen, was sie machen sollen.

Usted quiere que todo el grupo quepa en el armario.
¡Cabed en el armario!

- **a.** Usted quiere que Julieta se caiga.
- **b.** Usted quiere que el grupo haga lo que su asistente les diga.
- **c.** Usted quiere que Luis diga su opinión.
- **d.** Usted quiere que todos den un paso adelante.
- **e.** Quiere que Mercedes vaya al camerino y traiga un vaso.
- **f.** Quiere que el grupo oiga lo que tiene que decir.
- **g.** Quiere que Bea se ponga los zapatos.
- **h.** Quiere que el grupo salga al escenario.
- **i.** Quiere que el grupo quiera tener éxito.
- **j.** Quiere que Alejandro se sepa bien su papel.
- **k.** Quiere que el grupo vaya todos los días a ensayar a las cinco en punto.

6. Lesen Sie Lauras Ausrede und setzen Sie sie in die Vergangenheit.

- **a.** Esta mañana he puesto la lavadora y me he ido a comprar.
- **b.** He andado desde mi casa a la tienda.
- **c.** Por el camino he oído un ruido extraño.
- **d.** Me he girado, pero no he podido reconocer de dónde venía.
- **e.** No he querido seguir mirando así que he continuado andando.
- **f.** He llegado a la tienda, le he dicho unas cuantas cosas a la dependienta y he dado una vuelta por allí.
- **g.** He cogido un paquete de galletas, he intentado meterlo en mi bolsa pero no ha cabido y se me ha caído al suelo.
- **h.** No he sabido qué hacer, así que he salido de la tienda avergonzada.
- **i.** Sé que no he hecho nada malo, pero me ha dado vergüenza.
- **j.** He tenido que ir a comprar a otra tienda.
- **k.** He traído las cosas a casa en una bolsa nueva, más grande.
- **l.** Por todo eso he venido algo más tarde.

LÖSUNGEN

Der Artikel

1. a. El-la-la b. Los-el c. las d. Las-los e. Los-la f. la-la g. El-los h. La-la i. El j. Los-los-la k. el-la-la l. El

2. a. Una-una b. unos-unos c. un-una d. un e. una f. unos-una g. una-una h. unos-una-unas-un i. un j. un-una-un k. Unos-unas l. un-un

3. a. Buscaba un amigo de verdad. b. Buscaba una cama para su hijo. c. Buscaba una lámpara. d. Buscaba unas sillas de madera. e. Buscaba un teléfono móvil. f. Buscaba unos platos de porcelana. g. Buscaba unos guantes negros. h. Buscaba una escalera larga. i. Buscaba unas manzanas bien rojas. j. Buscaba unos zapatos de cuero. k. Buscaba unas aceitunas aliñadas. l. Buscaba unos bolígrafos de punta fina.

4. a. del-al b. a las-del c. del d. de la-a la e. de los f. del-al-de la g. a la h. de la i. de las-del j. de los k. a los-al

5. a. Lo importante b. Lo peor c. Lo interesante d. Lo bello e. Lo discutido f. lo prohibido g. lo permitido h. lo transportado i. Lo primero j. lo segundo k. lo suyo

Das Substantiv

1. a. (m) b. (m) c. (f) d. (m) e. (f) f. (m) g. (m) h. (f) i. (f) j. (f) k. (f) l. (m)

2. a. el-la b. La-los-el c. La-la-la d. la-la e. La f. El-las-la-la g. la-los h. el-el i. el-el-la j. las-las-el k. el-las l. la-las

3. a. Invirtió todo el capital en aquella empresa. La capital de España es Madrid. b. Tenía un grano enorme en la frente. Durante la guerra, había más de un frente. El cólera es una enfermedad que afecta al intestino. La cólera del presidente perjudicaba a su propio país. d. Se hizo el corte en la mano mientras partía la sandía. La corte de Carlos V cambiaba mucho de sede. e. La cura que necesitaba el enfermo era muy complicada. El cura de nuestra parroquia solía dar unos sermones preciosos.

4. a. La abogada b. La señora c. La actriz d. La artista e. La gallina f. la novia-amigo g. La princesa h. La sobrina i. La poetisa

5. a. El toro b. El poeta c. El yerno d. El padre e. El rey f. el caballo g. al perro h. El hombre i. El estudiante j. El taxista k. El cocinero l. Un pintor

6. a. naranjas b. mandarinas

7. a. Los profesores-los libros b. aquellas ciudades c. Los reyes d. Los portavoces e. bambúes f. jabalíes g. atlas-países h. crisis

Das Adjektiv

1. a. Compró una sandía grande. b. Tiene un café negro. c. Necesita un coche nuevo. d. Escoge un mantel azul. e. Quiero un ordenador portátil. f. Escucha una radio española. g. Pide un reloj digital. h. Leía un libro interesante. i. Contrata una mujer trabajadora. j. Bebe un chocolate espeso. k. Despierta a un niño dormilón. l. Importan una seda china.

2. a. Tienen unas ideas geniales. b. Hace unos días preciosos. c. Los domingos siempre cocinan comidas hindúes. d. Necesitaba urgentemente unas botellas vacías. e. Nos regalaron unas neveras portátiles. f. ¿Me pasas las chaquetas azules? g. Se comieron unas magdalenas caseras para merendar. h. Me dieron unas latas metálicas para guardar los cromos.

3. a. ¿Qué has hecho con el vaso y el plato metálicos? b. ¿Qué has hecho con la falda y la camisa amarillas? c. ¿Qué has hecho con los juguetes y la comida infantiles? d. ¿Qué has hecho con las monedas y los billetes falsos? e. ¿Qué has hecho con el collar y el broche dorados? f. ¿Qué has hecho con la sandía y las naranjas frescas? g. ¿Qué has hecho con la merluza y las patatas congeladas? h. ¿Qué has hecho con la sopa y las verduras calientes? i. ¿Qué has hecho con la maleta y la mochila grandes? j. ¿Qué has hecho con los zapatos y las sandalias limpiás? k. ¿Qué has hecho con la pasta y el queso italianos?

4. a. Toda la familia vivía en una casa antigua. b. Los niños pequeños deben irse a la cama temprano. c. Era un mal ejemplo para el resto de sus hermanos. d. La profesora dedicaba mucho tiempo a preparar sus clases. e. Prácticamente en todas las casas de España hay agua corriente. f. En la escuela solía demostrar un buen comportamiento. g. El chocolate puro contiene más cacao que los otros tipos de chocolate. h. Sus amigos siempre decían que tenía un gran sentido del humor. i. En nuestra oficina solemos utilizar papel reciclado. j. Las infusiones calientes son muy buenas para el resfriado. k. San Isidro es el patrón de Madrid. l. Mi hermano siempre perdía los bolígrafos azules.

5. a. El pequeño b. Los dulces c. El malo d. El antipático e. lo bueno f. una morena g. el tonto h. El enfermo

6. a. Conduzca usted más deprisa. b. Sea usted más simpático. c. Corra usted más despacio. d. Coma usted más sano. e. Haga usted el café más fuerte. f. Escriba usted más claro. g. Compre usted tomates más maduros. h. Beba agua más fría.

7. a. Luis es menos trabajador que Mario. b. Ana está menos ocupada que Gonzalo. c. Santiago corre menos rápido que Fernando. D. Yo como menos deprisa que mi hermano. e. Manuela es más comprensiva que Cristina. f. Raúl ríe menos fuerte que Lucía. g. Colon lava menos blanco que Ariel. h. Andrés escribe más claro que Diego. i. El hueco es menos grande que el televisor. j. El cazo es más práctico que la sartén. k. Para algunas personas la salud es menos importante que el dinero.

Das Adverb

1. lento lenta lentamente; artificial artificial artificialmente; alto alta altamente; inteligente inteligente inteligentemente; práctico práctica prácticamente; fácil fácil fácilmente; completo completa completamente; libre libre libremente; estrecho estrecha estrechamente; ancho ancha anchamente; normal normal normalmente

2. a. largamente b. alegremente c. pesadamente d. cansadamente e. rápidamente f. accidentadamente g. afortunadamente h. relajadamente i. sorprendentemente j. torpemente

k. brillantemente l. generosamente

3. a. largamente b. Sorprendentemente c. rápidamente d. brillantemente e. torpemente f. alegremente g. generosamente h. pesadamente i. afortunadamente j. relajadamente k. accidentadamente l. cansadamente

4. a. Hablaban sobre una pareja que estaba verdaderamente enamorada. b. Hablaban sobre una familia que comía tranquilamente. c. Hablaban sobre un taxista que conducía prudentemente. d. Hablaban sobre un día que fue bastante frío. e. Hablaban sobre un abuelo que recordaba a su nieta cariñosamente. f. Hablaban sobre una muchacha que recogió toda la casa rápidamente. g. Hablaban sobre un niño que felicitó a su madre alegremente. h. Hablaban sobre unos amigos que lavaron la ropa eficientemente. i. Hablaban sobre unos compañeros que recibieron al estudiante ruidosamente. j. Hablaban sobre un niño que se había hecho sorprendentemente grande.

5. a. Hoy b. probablemente c. aquí d. tranquilamente e. poco f. Sí g. No h. apasionadamente i. Mañana j. mucho

6. f. Es, seguramente, el suceso del año. b. Tu bicicleta está por allí. i. Lo encuentro difícil. k. María vive ahí arriba. e. Quizá viene también Manuel. a. Lo veo a menudo. j. A veces bebo cerveza. c. Trabaja despacio. d. Juega bastante bien. h. Anda cansada. l. Alicia es muy guapa. g. No quiero.

Das Verb

1.

yo	*tú*	*él, ella*
hablo	hablas	habla
abro	abres	abre
temo	temes	teme
vuelvo	vuelves	vuelve
quiero	quieres	quiere
pido	pides	piden
construyo	construyes	construye
conozco	conoces	conoce
elijo	eliges	elige
sigo	sigues	sigue
convenzo	convences	convence

nosotros/-as	*vosotros/-as*	*ellos/-as*
hablamos	habláis	hablan
abrimos	abrís	abren
tememos	teméis	temen
volvemos	volvéis	vuelven
queremos	queréis	quieren
pedimos	pedís	piden
construimos	construís	construye
conocemos	conocéis	conocen
elegimos	elegís	eligen
siguen	seguís	siguen
convencemos	convencéis	convencen

2. a. quiero b. bebe c. destruye/pasa d. desciende e. comemos f. conocéis g. creen/dicen h. lloran i. debes j. toma k. pienso l. escoges m. funcionan

3. a. Juan lee El Quijote. b. Los domingos por la tarde suelo ver la televisión. c. Queremos cenar pollo. d. Mis primos llegan esta noche. e. Mi amigo produce series de televisión. f. Vaciamos los ceniceros cada día. g. Necesitamos la batidora para la fiesta. h. Reparo los televisores con las herramientas adecuadas. i. Persigo a un famoso jugador de fútbol. j. Esa mujer se llama Carmen.

4.

Imperfekt	*Indefinido*
compraba	compré
hablabas	hablaste
comía	comió
llevábamos	llevamos
partíais	partisteis
encendían	encendieron

Perfekt	*Plusquamperfekt*
he comprado	había comprado
has hablado	habías hablado
ha comido	había comido
hemos llevado	habíamos llevado
habéis partido	habíais partido
han encendido	habían encendido

5. a. comían/veíamos b. llegó/recogía c. trabajaba d. caía/miraban e. nací f. decía g. bebió h. bebemos i. buscó/metió/salió j. cortaba

6. a. Sí, compraré el coche el año que viene. Él comprará el coche el año que viene. b. Sí, llenaremos el depósito de la gasolina. Ellos llenarán el depósito de la gasolina. c. Sí, creceré todavía más. Él crecerá todavía más. d. Sí, limpiaré la cocina. Él limpiará la cocina. e. Sí, nos casaremos en agosto. Ellos se casarán en agosto. f. Sí, viviremos en Madrid. Ellos vivirán en Madrid. g. Sí, llevaré un vestido blanco. Ella llevará un vestido blanco.

7. a. vuelva b. estudiara c. permitan

Das Pronomen

1. a. Una niña pequeña perdió su mochila. b. (Ella) la buscó por todas partes, pero (ella) no consiguió encontrarla en ningún sitio. c. (Ella) pidió ayuda a su padre. d. (Él) se encontró a los vecinos y les preguntó si la habían visto. e. Ellos no la habían visto, pero habían perdido un llavero con forma de caracol, así que le preguntaron si lo había encontrado. f. (Ellos) le pidieron que, si lo encontraba, se lo devolviera. La niña preguntó a sus amigas por la mochila. g. Ellas tampoco sabían nada de ella. h. (Ella) les dijo que estaba muy triste. i. Ellas querían consolarla. j. (Ellas) le compraron una mochila nueva. k. Y se la regalaron por su cumpleaños.

2. a. Yo/me/tú b. Yo/me c. te d. se/(él) e. (él) f. (vosotros)/mí g. (nosotros)/usted h. le/usted i. (vosotros)/(nosotros) j. nos/usted k. (yo)/os

3. a. Ella se va. b. Nosotros nos lavamos. c. Yo me llamo. d. Vosotros os quedáis. e. Tú te ríes. f. Ellos se quejan. g. Él se acuerda. h. Tú te alegras. i. Yo me relajo. j. Nosotros nos avergonzamos.

4. a. Mis zapatos están aquí. No, esos no son los tuyos, son los míos. b. Vuestro coche está aquí. No, ese no es el nuestro, es el vuestro c. Tu camisa está aquí. No, esa no es la mía, es la tuya. d. Nuestra televisión está aquí. No, esa no es la vuestra, es la nuestra. e. Tus gafas están aquí. No, esas no son las mías, son las tuyas. f. Su mochila está aquí. No, esa no es la suya, es la mía. g. Nuestros panes están aquí. No, esos no son los vuestros, son los nuestros. h. Sus libros están aquí. No, esos no son los suyos, son los míos. i. Mi mechero está aquí. No, ese no es el tuyo, es el mío. j. Nuestro vino está aquí. No, ese no es el vuestro, es el nuestro.

5. a. Aquel b. Ese c. Aquellos d. Este e. Esa f. Aquella g. Ese h. Aquella i. Esas j. Aquellos k. Esas l. Esos

6. Verbinden Sie die zwei Teile des Satzes. a. + i., b. + g., c. + l., d. + h., e. + j., f. + k.

Die Konjunktionen

1. a. sino b. y c. ni, ni d. pero e. O, o, pero f. o g. sin embargo h. ni i. e j. sino k. pero

2. a. Er hat Fieber, deswegen kann er nicht zur Schule gehen. b. Da er nicht kommen wollte, haben wir ihn zu Hause gelassen. c. Wenn du keine Uhr hast, kannst du nicht wissen, wie spät es ist. d. Jedesmal, wenn ich spazieren gehe, regnet es. e. Obwohl sie spät gekommen sind, war er noch da. f. Wie ich immer sage, es ist wichtig, Freunde zu haben. g. Das Auto hat ihnen nicht gefallen, weil es zu klein war. h. Während er die Nachrichten sah, trank er immer Kaffe. i. Ich sage es dir, damit es dir klar ist. j. Bevor du nach Hause kommst, kauf ein bisschen Brot. k. Wenn ihr euch trefft, sag ihr, dass ich sie sehen möchte.

3. a. El sol brillaba en el cielo pero no tenían ganas de salir a pasear por la ciudad, por eso dedidieron hacer una excursión al campo. b. La ventana estaba rota porque los niños le habían dado un pelotazo y nadie sabía repararla. c. Andrea se encontraba muy mal, por eso no podía ir al colegio pero quería ir a comprar entradas para el concierto. d. El matrimonio tenía mucha comida en la nevera así que pensaron invitar a unos amigos a cenar pero al final salieron a cenar fuera de casa. e. El tabaco es cada vez más caro, a pesar de ello la gente sigue fumando, aunque las ventas de tabaco han disminuido en los últimos meses. f. Lo llamé a su casa y estaba comunicando pero me dijo que vendría. g. No tenía ganas de ir a visitarla y no tenía ganas de que ella viniera a visitarlo a él, así que se quedó en casa.

4. a. antes de que. b. mientras. c. hasta. d. Siempre que. e. desde que. f. después de que.

5. a. El padre estaba enfadado porque se había manchado la camisa haciendo la ensalada. b. La abuela estaba enfadada porque se había torcido el tobillo bajando las escaleras. c. Jaimito estaba enfadado porque había perdido su pelota favorita. d. El abuelo estaba enfadado porque se había resfriado. e. Leticia estaba enfadada porque no encontraba el libro que se quería comprar. f. Luis estaba enfadado porque su moto no funcionaba. g. El primo Antonio estaba enfadado porque sus amigos no podían ir a su fiesta de cumpleaños. h. Lucía estaba enfadada porque su novio la había dejado.

6. a. El niño no paraba de llorar, de manera que los padres decidieron llevarlo al médico. b. No tenía nada más que decir, de manera que colgó el teléfono.

Die Präpositionen

1. a. En/en b. desde c. a d. con/con e. para f. por g. de h. Por i. en/en j. a k. para l. en/desde

2. a. en b. a c. para d. por e. a f. con g. de h. Sin i. Entre j. por

3. a. para b. a c. de/a d. por e. a/de f. entre/de g. A h. para

4. a. Sobre b. Sin c. para d. entre. e. para f. a g. con h. desde i. por

5. a. + j., b. + g., c. + h., d. + l., e. + i., f. + k.

6. a. No había visto a Laura desde hacía muchos años. b. El otro día, cuando iba por la calle, me la encontré. c. Decidimos ir a una conocida cafetería del centro para tomar algo. d. Pero cuando llegamos a la cafetería estaba cerrada. e. Resulta que sólo abrían de cinco a diez y todavía eran las tres. f. Así que tuvimos que buscar otro lugar y no podíamos decidirnos entre un pub cercano y la cafetería de la tía de Laura. g. Al final nos decidimos por la cafetería de la tía de Laura. h. Entramos y nos sentamos en una pequeña mesa, en unas sillas con extraños respaldos.i. La camarera se acercó a nosotras y le pedimos un par de cafés con leche pero sin azúcar. j. Laura y yo empezamos a hablar de nuestras cosas, me di cuenta de que mi amiga tenía muchas cosas que contarme.

Zahlen und Uhrzeit

1. a. 1469 Isabel I de Castilla y Fernando II de Aragón contraen matrimonio: unidad de España, b. 1605 Se publica la primera parte del Quijote, c. 3-10-1990 Reunificación alemana, d. 2-05-1808 Insurrección popular a causa de la abdicación de los Borbones a favor de José Bonaparte, e. 1992 Olimpiadas de Barcelona, f. 1-01-86 Adhesión de España y Portugal a las Comunidades Europeas, g. 15-06-1977 las primeras elecciones democráticas en España, h. 12-10-1492 descubrimiento de América, i. 14-07-1789 Toma de la Bastilla, j. 1905 Einstein presenta la Teoría de la Relatividad, k. 22-11-1975 Don Juan Carlos I es proclamado rey de España, l. 1516 A la muerte de Fernando de Aragón, la Corona española recae sobre Carlos I de España y V de Alemania.

2. a. sesenta y nueve b. en la década del mil quinientos sesenta c. a la mujer de Felipe segundo d. Tenía veinticuatro e. cinco f. a los treinta y siete años g. el doce de diciembre de mil quinientos ochenta y cuatro h. se llevaban dieciocho años i. en mil seiscientos cinco j. cincuenta y ocho k. diez

3. a. vigésimo b. Alavés/Recreativo/ Rayo Vallecano c. dos/octavo d. séptimo/octavo/noveno/décimo e. primero f. segundo/tercero/cuarto g. quinto/ sexto h. decimoséptimo i. decimoquinto/decimocuarto j. duodécimo/cuarenta y tres k. decimotercero

Der Satzbau

1. Lucía solía escribir muchas cartas a su prima María desde París. b. Julia le coge la mano a su hermano pequeño con delicadeza. c. Nacho le arregló la muñeca a su hija con las herramientas correspondientes. d. Los amigos le regalaron un balón de fútbol a Rafael por su cumpleaños. e. Ferrero le ganó el partido a Agassi con maestría. f. Raquel les bailó un tango a los presentes con mucha pasión. g. Leticia les cuenta todos sus secretos a sus amigas detalladamente. h. Los manifestantes tiraron piedras a la policía con mala intención. i. Telefónica mandó atentamente una carta a todos sus clientes por su aniversario. j. Teresa le compró un cucurucho a la niña pequeña de la heladería. k. Tomás demostró su valentía a sus alumnos en la montaña. l. El portero abrió la puerta a los visitantes con su llave maestra.

2. a. A su prima María solía escribirle Lucía muchas cartas desde París. b. A su hermano pequeño le coge Julia la mano con delicadeza. c. La muñeca, se la arregló Nacho a su hija con las herramientas correspondientes. d. Un balón de fútbol le regalaron los amigos a Rafael por su cumpleaños. e. A Agassi le ganó con maestría Ferrero el partido. f. Un tango les bailó con mucha pasión Raquel a los presentes. g. A sus amigas les cuenta Leticia todos sus secretos detalladamente. h. Piedras les tiraron con mala intención los manifestantes a la policía. i. Una carta le mandó atentamente Telefónica a todos sus clientes por su aniversario. j. Un cucurucho le compró de la heladería Teresa a la niña pequeña. k. Su valentía demostró Tomás a sus alumnos en la montaña. l. La puerta abrió el portero a los visitantes con la llave maestra.

3. a. Es necesario que venga el sábado por la tarde. b. Es necesario que compre dos paquetes de leche. c. Es necesario que te acerques un poco más. d. Es necesario que estudiemos las nuevas lecciones. e. Es necesario que aprendáis a cocinar. f. Es necesario que se lave los dientes tres veces al día. g. Es necesario que coman frutas y verduras. h. Es necesario que leamos todos esos libros. i. Es necesario que organicen la fiesta del jueves. j. Es necesario que visite al médico.

4. a. si b. de que c. que d. que/que e. que/si/que f. si g. que h. que i. si j. que k. que

5. a. Los dos sofás que tenemos en casa son nuevos. b. La victoria que consiguió el equipo el sábado no tiene validez. c. El teléfono que no funciona bien suena constantemente. d. La excursión que hicimos el fin de semana pasado salió a las mil maravillas. e. La televisión que te regaló García tiene dificultades a la hora de encenderse. f. El aceite de oliva que produce España es muy sano. g. El árbitro del partido que se jugó el domingo pitó de forma muy injusta. h. El gel que me encargaste huele muy bien. i. Hoy cocinaré las verduras que me gustan para comer. j. La pista que querías alquilar está ocupada. k. El plato que quieres utilizar está roto.

6. a. Rosa dice que anoche estuvo en un concierto. b. Rosa dice que ha estado todo el día trabajando. c. Rosa dice que ha llegado a casa un poco tarde. d. Rosa dice que va a cenar ahora. e. Rosa dice que le apetece darse una ducha. f. Rosa dice que también verá un rato la televisión. g. Rosa dice que luego piensa acostarse. h. Rosa dice que antes tiene que llamar a su madre. i. Rosa dice que su madre se preocupa mucho por ella.

Besonderheiten in der Aussprache und Schreibweise des Spanischen

2. a. viernes/bar/cerveza b. decía/que/comprar/zapatos c. cigüeña/Guadalajara/refugiaba/jardín/García d. parece/horroroso/recoger/rosas/manera e. queso/cerveza/comida f. Trabajaba/pingüinos/zoológico g. lluvia/evitar/balón h. repetir/preguntas/favorece/resultados i. cerezas/que/cuñado j. Guerra/Galaxias/trajo k. vacas/bebían/abrevadero l. robar/recurso/extremo/para/conseguir/dinero

3. a. niños/chocolate b. he/llaves/había c. llama/muchacha/escuchar d. harta/llantos/extraños/ahora/niña e. caña/rellena f. mechero/leña/hoguera g. chimenea/llamas h. lluvia/huerto/lleno/charcos i. hermosa/paella/higuera j. cuñada/huele/salchichón k. bocadillo/tortilla/cebolla l. China/hay/niños/niñas

4. Auf der letzten Silbe betonte Wörter: dieciséis, llegó, corazón, canción. Auf der vorletzten Silbe betonte Wörter: Rima, historia, tema, remos. Auf der drittletzten Silbe betonte Wörter: Plátano, médico, psicólogo, rábano: Wörter, die auf Konsonant (außer -n und -s) enden: azul, rumor, correr, rezar, lápiz, huésped, Pérez, fácil

5. a. En un país multicolor, había una abeja bajo el sol. b. ¡Qué pequeñas son las niñas que juegan en la plaza! c. La farmacia estaba cerrada cuando llegamos. d. Me gustan los libros de aventuras. e. Se cortó el pelo en la nueva peluquería del barrio. f. Siempre desayuno café con leche. g. Necesito un teléfono para llamar a casa. h. La canción preferida de mi padre sonaba muy a menudo en la radio. i. El poder de la humanidad es inmenso. j. La estación de tren estaba llena de viajeros impacientes. k. La sal y el azúcar están presentes en todas las cocinas.

6. a. que b. Qué c. Tu d. Tu e. Si f. té

Unregelmäßige Verben

1.

yo	*tú*	*él/ella*
salgo	sales	sale
vengo	vienes	viene
doy	das	da
digo	dices	dice
hago	haces	hace
voy	vas	va
oigo	oyes	oye
puedo	puedes	puede
pongo	pones	pone
quiero	quieres	quiere
sé	sabes	sabe
tengo	tienes	tiene

nosotros	*vosotros*	*ellos*
salimos	salís	salen
venimos	venís	vienen
damos	dais	dan
decimos	decís	dicen
hacemos	hacéis	hacen
vamos	vais	van
oímos	oís	oyen
podemos	podéis	pueden
ponemos	ponéis	ponen
queremos	queréis	quieren
sabemos	sabéis	saben
tenemos	tenéis	tienen

2. a. Sí, queremos venir. Ellos también quieren. b. Sí, te doy una moneda. Él también te da una. c. Sí, salgo esta noche. Él también sale. d. Sí, quiero comer con vosotros. Él también quiere. e. Sí, tengo un regalo para Tomás. Él también tiene uno. f. Sí, veo a mis amigos por ahí. Él también los ve. g. Sí, sabemos cuántas hermanas tiene Patricia. Ellos también lo saben. h. Sí, oigo lo que me estás diciendo. Él también lo oye. i. Sí, pongo las flores en un jarrón con agua. Él también las pone. j. Sí, te traigo un vaso de la cocina. Él también te lo trae. k. Sí, venimos el domingo a comer a casa. Ellos también vienen. l. Sí, hago normalmente los deberes. Él también los hace.

3. a. cabrán b. sabrá c. podremos d. darás/daremos e. diréis/queráis f. tendrán g. haremos h. pondrá i. querré j. saldremos k. verán l. oirás

4.

Infinitiv	*Gerundium*	*Partizip*
andar	andando	andado
querer	queriendo	querido
decir	diciendo	dicho
poner	poniendo	puesto
traer	trayendo	traído
hacer	haciendo	hecho
ver	viendo	visto
oír	oyendo	oído

5. a. ¡Cáete! b. ¡Haced lo que mi asistente os diga! c. ¡Dime tu opinión! d. ¡Dad un paso adelante! e. ¡Ve al camerino y trae un vaso! f. ¡Oíd lo que tengo que decir! g. ¡Ponte los zapatos! h. ¡Salid al escenario! i. ¡Quered tener éxito! j. ¡Sábete bien tu papel! k.¡Id a ensayar todos los días a las cinco en punto!

6. a. Ayer por la mañana puse la lavadora y me fui a comprar. b. Anduve desde mi casa a la tienda. c. Por el camino oí un ruido extraño. d. Me giré, pero no pude reconocer de dónde venía. e. No quise seguir mirando así que continué andando. f. Llegué a la tienda, le dije unas cuantas cosas a la dependienta y di una vuelta por allí. g. Cogí un paquete de galletas, intenté meterlo en mi bolsa pero no cupo y se me cayó al suelo. h. No sabía qué hacer, así que salí de la tienda avergonzada. i. Sabía que no había hecho nada malo, pero me daba vergüenza. j. Tuve que ir a comprar a otra tienda. k. Traje las cosas a casa en una bolsa nueva, más grande. l. Por todo eso vine algo más tarde.

REGISTER